一轮秋影

周建勇 / 著

经济日报出版社

图书在版编目（CIP）数据

一轮秋影／周建勇著. -- 北京：经济日报出版社，2023.2

ISBN 978-7-5196-1275-7

Ⅰ. ①一… Ⅱ. ①周… Ⅲ. ①诗集-中国-当代②散文集-中国-当代 Ⅳ. ①I217.2

中国国家版本馆 CIP 数据核字（2023）第 021533 号

一轮秋影

作　者	周建勇
责任编辑	王　含
责任校对	蒋　佳
出版发行	经济日报出版社
地　址	北京市西城区白纸坊东街 2 号（邮政编码：100054）
电　话	010-63567684（总编室）
	010-63584556　63567691（财经编辑部）
	010-63567687（企业与企业家史编辑部）
	010-63567683（经济与管理学术编辑部）
	010-63538621　63567692（发行部）
网　址	www.edpbook.com.cn
E - mail	edpbook@126.com
经　销	全国新华书店
印　刷	成都兴怡包装装潢有限公司
开　本	880mm×1230mm　1/32
印　张	9
字　数	200 千字
版　次	2023 年 2 月第 1 版
印　次	2023 年 2 月第 1 次印刷
书　号	ISBN 978-7-5196-1275-7
定　价	58.00 元

苔花如米（代序）

下面一开始先抄录一句古人的诗，作为引子。

"苔花如米小，也学牡丹开。"这是清人袁枚《苔》中的诗句，说明物虽小但也有远大的抱负。原诗是这样的，我不免誊录如下："白日不到处，青春恰自来。苔花如米小，也学牡丹开。"富有哲理的一首小诗，我很喜欢。

就此小诗大概意思，接下来就闲谈一下小事，不说大事。大事也不好言表，谨此谈小不谈大，谈小事情，不谈大事情。

小事能显大能耐，忠于小事，也必忠于大事，小事不小。耶稣一次跟他的门徒说："人在最小的事上忠心，在大事上也忠心。"（《路加福音》）一开始一点的小事情都不愿意去完成，不去努力，大事怎能做好呢？高不受，低不就，这是人生最不好的态度。你如果真是高不受低不就的话，目前为止就是最不好的精神状态。我的老师常告诫我，凡是从小事做起，从底层做起，一步一步立定根基打好基础，要有"咬定青山不放松"的意志，倘若基础不牢，随风就倒，最终很难有建树。你不管从事什么职业，你不管是学者还是农夫，都要在各自的领域努力，发挥各自的优势，获得自我的人生价值，从微小的事上做起，"小事上不义，大事上也不义"，能做的就不要推却，尽己所能，尽心尽力为社会奉献自己的绵薄之力。

人是在社会生活的一小分子，离不开社会，作为社会人就要承担起社会的一份责任，作为家庭的一分子就要担负起家庭的责任，小事不含糊，大事不迟延不推却，努力做好自己。

我常常说自己学的知识不够用，常觉得"书到用时方恨少"，每次在研究一个课题时总有"拦路虎"，许多事都要请教于人。当然，这样也好从别人身上学到很多知识，一个人看问题可能片面不周，有局限性，听听别人的意见或许能有更好的解决方法。听取意见，吸收意见，解决问题，非一人之力所能办到。我常常说，点、线、面，是生活方式，所谓"点"是小范围、小圈子，属于个人范畴；"线"是过程，是与人的关系，亦是和谐范畴；"面"是大的范围，是人的交际圈，属平台范畴。从小范围到大的一个圈子，需要人的扶持，需要平台关系。"苔花如米小，也学牡丹开""一花独放不是春，百花齐放春满园"，大家好了，个人就好，"小"也是"大"的前奏，没有小也就没有大。

小的问题不去解决，再遇到比较大困难的事或问题就不容易解决，小的事情解决好，大的事情也就会好解决，基础不好是先天的，通过后天努力是可以改善、可以进步的。比如学声乐，音准是天生的，有的人音准好，一首歌调高调低都能把握，不会"交腔摔板"，一唱音准就抓得很准，不会跟不上音调，跨8度音都没问题；有的人音准不好，后天通过努力只能改善，却不能改变。学声乐首先是要解决音准的小问题，专业音乐院校招收音乐学生之前都会有面试，考官通过你听音试唱就知道你音准。

苔花如米（代序）

　　小事看人生，微小谨大，小中方能见大。何为小事？就是地上捡起一小张纸屑，别人不屑一顾，而你伸手去捡了这纸屑，这是极美好的一个小动作。其实这不是小事，你眼里容不下地上的一张小小的纸屑，把它捡起来丢进垃圾桶，这是你对卫生城市建设和周边环境的维护。

　　小事情大智慧，小事情大人生。以小见大，"苔花如米小，也学牡丹开"，想要在大事上有所成就，先从小事上做起。"勿以善小而不为，勿以恶小而为之。"

　　以此为序。

　　与尔共勉！

2022 年 8 月 28 日星期日

目 录

东风渐绿龙溪岸

又是一轮秋影时

苔花如米小（潇洒在微言）

窗前疏影送梅香（悠悠古韵）

chapter

01

东风渐绿龙溪岸

那绿便是家乡的一道美景。

开篇语——生活佳好

　　人生，历难艰辛，蓬勃向上，历程都甘甜。

　　生活，花香常漫，历久弥新，一切都无比美好。

　　不管你走过的路有多难，有多苦，请不要灰心，经过的那些苦楚必将是你生命中不可缺少的精神食粮、动力和财富。

　　宁挑百斤重，不受嗟来食，绝对不在人前流一滴眼泪。将一切不愉快统统化作一缕清风，潇洒每一天，阔步永向前。

　　精彩人生，等你精彩的画笔去描绘每一个精彩瞬间。

　　就算你被生活折磨得千疮百孔，伤痕累累，也请不要轻言放弃，岁月会修复你的累累伤痕与百孔千疮。不要放弃，努力向前。

　　生活美好，总有许多意外惊喜超乎你的想象。

　　生活佳好。

凌 晨

静静的凌晨
静静的小室
悠悠的台灯下
照耀着悠悠的石头
钢刀石屑
深痕朱迹
印宗寻源
深奥无比
另辟蹊径何等不易
吾等雕虫
需求大技
印法安持、福庵
能学皮毛
实靠悟性
出言不力
实属无心

阅历尚浅

资质不高

唯待人诚恳

反遭恶语

深知江湖险恶

言语须慎

日后为人

言如清风

不论他人长短

谨言慎行

早间偶记

权当自勉

寻　觅

一

怎能忘记我的祖宅

不能忘记我的祖宅

那里有许多

童年的记忆

我的祖宅

那一年

消失在烟雾弥漫中

那高大的马头墙

不见了

"三春鸟语"的字体也不见

只有"满院花香"的字体

还有影子

我的祖宅呢

只有留在梦中去寻觅

二

"压伤的芦苇你不折断"
"将残的灯火你不吹灭"
当你绝望灰心时
你不要忘记
你要抬起头
你要抬起头
云上太阳
哦！它不改变

三

走过
笑过
哭过
人所经历
都美好欢喜

竹 吟

其 一

梦中忽醒，
只见纱窗。
一帘竹影，
姗姗而来。

其 二

一竿翠竹，
雀枝，
新叶。

其 三

黄昏，山村，
灯光荧荧，

蝈蝈微声。

寒光一片，

纱窗竹影徐徐。

其　四

雪压翠竹，

冰霜，

劲节，

竹叶。

其　五

竹枝，

有韵，

随风徐徐，

清景入座。

心　境

太阳欢然奔路，
黎明依旧燃亮，
夜呵
何须漫长，
将
心境深埋在月夜

——晨起偶记

心 语

生命

期待

色彩

绚丽奔放

夜

这夜

无眠

思绪杂乱

心语

难述

家乡的山

家乡的山　呵
总是那么清丽
清丽得让人留恋

家乡的泉水　呵
总是如此清澈
甘甜无比

家乡的果园
总是让人陶醉

家乡
橘子熟透
稻谷也低下头
弯了腰

空谷佳人

喜欢兰花叶子的绿
更喜欢兰花开花时
散发出淡淡的
清香
这清香　呵
来自幽谷

开学在即

开学

开学在即

我要上好每一节课

关注每一位学生的学习进展

绝对不批评学生

引导鼓励学生

让学生在快乐中学习

从今天起

我要

备好每一节课

用科学的方法

教导学生

并让学生找到学习的最好规律

从而让学生学得更好

我努力着

加油吧

无题五则

一

春
依旧
落叶
依然飘落
无数次
徘徊
只待春天
来临时
落叶才
默默地挥手

二

雨下，雨不停地下
雨又停下来，不走

雨停一会儿

雨落下

雨又停一会儿

叶子怎么一动也不动

三

风呵

真傻

把门给吹关了

风

却把自己关在门外

四

又是落雨

雨天让人追忆

让人遐思

只有落雨

才有那点

非分之想

……

五

种下
便是一片绿
期待
花开果熟

庙后秋雨夜

台风天，留客天，安心留宿在庙后。

——题记

斜风吹粗雨

山间摇翠竹

溪涧洪流急

一夜风怒吼

只闻雨泣声

不听野虫鸣

呵！摇曳的翠竹

怒吼的风

何时止息

何时让山间恢复宁静

初秋的雁荡

欲写龙湫难着笔，不游雁宕（雁荡）是虚生。

——清代江湜

初秋的雁荡　呵
那么的柔美娇嫩
僻静的小道
深邃狭长清幽
展开无限的柔情

悠悠的山
静静的石
总是透露出
内在的秀气与妩媚

2022 年 9 月 7 日星期三修改

故林遥不见

去往北京的动车上，车窗外已是雪花飞舞。

——题记

车窗外
树影迷离
一缕晨光
正斜射在
白白的冰枝上
"故林遥不见"
……

2015 年 12 月 2 日

撷一束阳光

撷一束阳光
沐一缕春风
惬意的春天
万绿无限

窗外的天空、树丫
无意间映射出春光的美好
呵，春光哟
你是那么恬美优雅

春光哟
总是那么清纯，展示在宇宙间
好惬意、好温馨
春光真美好

骤雨聚青灯

台风天。青灯山舍，是一次书画与音乐的碰撞。

——题记

青灯山舍
琴声悠扬
杜鹃轻吟
桂花独妍
此情悠悠

2015 年 9 月 29 日

心与云天跃

泽雅

滋润我的灵性

豁达我的心胸

泽雅呵

让我的灵

让我的心与云天共齐跃

无意间的散懒

激发着无限量的智善与天真

泽雅的一山一水

都滋润着我的心性

我爱泽雅，那充盈着灵性

滋养我心胸

让我学会悠然的心性

呵　泽雅

2015 年 3 月 16 日

一路经行处

春的脚步，一路经行处
却催醒了这株
无名的小花
这花哟
悄然开放在山野小径
她吸收春的气息
带走冬的疲惫
她如新妇欣然欢呼
哟！春的气息
让她的脚步放慢
放慢……

一枕泪痕深

天打开窗户
梦恢复原位
便觉一枕泪痕
伤心过后
始终要坚强
……
梦的深处
是断与舍
泪与忧心忡忡

2020 年 6 月 10 日

一晴方觉夏深

多彩的生活
始终如一
多愁善感的你
始终要放弃
起点尽不一样
结果尽都如此
一晴方觉夏深

东风渐绿龙溪岸

泽雅的龙溪真美！

东风渐绿，清清的小溪倒映着两岸的水竹，水竹倒映在水里，要想怎么美就怎么美。暖风轻轻地一吹，水竹要往这边倒就往这边倒，不由自主愿意掉竹叶就掉竹叶，愿意随风摆动就随风摆动，谁也管不了。

一丛一丛水竹，小鸟穿梭在竹林间。小鸟愿意飞就飞，愿意歇在枝头就歇在枝头，谁也管不了小鸟。两岸的水竹倒映在清清的水中，想多美就有多美。

东风渐绿，龙溪悠悠。溪水从"永宁桥"穿石而过。永宁桥是一座古老的桥，像一位老人凝视着龙溪的水述说泽雅古老的故事。

东风渐绿，碧水波光；泽雅悠悠，心也悠悠。

满目倩影挥不去

昨天梦见你

你走在乡间的小路上

身姿还是那么轻盈飘逸

嘴角露出一丝笑意

似乎有

许多的心语

要对我述说

只是

无奈

只见

风

轻轻地轻轻地

拂着两旁细竹嫩叶

难得浮生一日闲

闲暇时光
一杯清茶
一方砚台
一支羊毫
一帧古帖
亲近古人
与古人对话

忍冬花下正东风

忍冬藤
喜欢忍冬藤
那绿绿的叶子
向左右舒展
一条紫色的护藤
总是
不离不弃地伴随着
每一片叶子的成长

此情可待成追忆

等待

树叶绿的日子

便是我们相约

一起跑步的时候

怎知

此情可待成追忆

化作忧伤

淡淡去

诚实是美好的品德

人呵

不必虚伪

你所做的心知肚明

不必狡辩

错就错，不要再错

知错能改善莫大焉

知错就好

没什么可夸

我羡慕存心无愧的人

诚实是美好的品德

我诚实与人交往

其实，我没有

许多的精力与虚伪周旋

请绕道吧

chapter

02

又是一轮秋影时

当秋影化作一缕相思时，
满怀的记忆也久久徘徊
于脑海之中。

门台墩

通往 9 间祖宅的路口原来有个门台墩。

门台墩，是平面的一个小石墩，记忆中像一个小舞台。现在被拆毁，没有影子，犁为平地，变成水泥光滑的路面。门台墩由很多很大的规整的石头垒砌而成。大的石头可以躺一人，头枕着一边，脚还伸不到石头的边缘。门台墩大概有两米多高，边有三步台阶。三步台阶上去就能登上门台墩的"舞台"。

夏天的门台墩成为我们的大"石床"，每每傍晚来临时，早早地往门台墩上泼点山水，等夜间来临，躺在上面讨点凉爽。夜风习来，秋虫啾啾。躺在门台墩上，仰望星空，繁星点点。偶见繁星掠过，一阵微风，竹枝声响，草虫鸣叫，宛如合奏的夏夜交响曲。门台墩，给我儿时带来许多回忆。如今的门台墩已经拆除，但门台墩给予我快乐的影子是永远的。

岁月依依，不见门台墩。呵，门台墩，您还好吗？知道是谁惊动了您？门台墩没有言语。

呵，门台墩，留给我的也只有在梦里的"门台墩"了。

我的童年

我的童年是在泽雅周岙度过的。

泽雅周岙是我童年生活的地方。我于1973年出生在一个幽静的山村。

先慈贾氏在我5岁时就离开了我。我从小跟着曾祖母和祖母生活,5岁前是曾祖母陪伴我度过每一个日夜,曾祖母在我5岁时就去世,去世时享年87岁,是无疾而终,曾祖母也是高寿。曾祖母是大户人家的小姐,出嫁时妆奁颇丰,听长辈们说当时有金箱笼、金火箱、金楔桶等珍贵物品随嫁。

印象中曾祖母裹脚拄着拐杖,牵着我,走路时一颠一颠。曾祖母的拐杖很特别,拐杖整体是一根木头雕着一位老者,那时还小,不知道拐杖雕的是什么。直到七八岁时才知道曾祖母的拐杖头雕的是一位老寿星,有吉祥美好的寓意,在民间老寿星是长寿的象征。

"月光圆圆,盘糕团团。"这是童年的记忆中曾祖母说的一句顺口溜。曾祖母的"盘糕"制作精良,是最好吃的点心,也是唯一的小吃。曾祖母是典型中国式妇女,从清朝至民国到新中国成立，也算是"三朝元老"级人物。据大姑妈说，曾祖母有一手好厨艺与米塑技艺。过去，在年终祭祖时，曾祖母都会准备米塑模仿动物或花鸟造型的供品在中堂祭拜祖先。如今，曾祖母已仙逝，甚是怀念。

记忆中，童年总是有忙不完的趣事，滚铁环、玩弹弓、打乒乓球，玩得不亦乐乎。滚铁环我是玩得最稳的，我是滚铁环能手，老师都夸奖我。而同学就嫉妒，常常故意撞倒我的铁环，现在想来也是美好无比的。记忆最深刻的就是上小学时入少先队，老师给我佩戴红领巾，就连睡觉我也戴着红领巾。

童年总有一些温馨的画面呈现在脑海中。一次美术课堂上，不知怎么着，头很疼。教我美术的是一位男老师，记得姓陈，就是陈老师，他用"万金油"在我额头上抹了几下，头就不疼了，像是脱帽解带，一下子轻松了很多。记忆中的陈老师个子很高偏瘦。

童年的我顽皮得很。一次在腌塘边玩耍，一不小心掉进了腌塘，幸好邻居及时发现将我救起，幸免一难。童年也有过一次从高处一跃而下的冒险经历。在一次摘橘子中，有人故意恐吓，我就从山田跳到小溪里，真是惊险，幸好人平安无事。

童年是快乐无比。一次春游江心屿，什么都是新鲜的，就连橄榄也是稀有水果。"周岙小朋友，橄榄吃味道。"温州方言顺口溜，卖橄榄的人边卖边说。用冰糖制作过的橄榄苦涩全无，回味清甜。

其实，没必要啰唆童年往事，然而觉得也是个人的经历，写下也无妨。

童年的点滴，现在不但停留在眼前，也停留在时光的记忆中。

佳人在厨

——小记内子晓丹的厨艺

和内子结婚时她还不会厨艺。

内子 28 岁开始学习厨艺。说是厨艺，其实就是会烧几样菜，内子烧的菜不比农家专业厨师逊色。

剁椒鱼头是内子拿手好菜，内子烧得剁椒鱼头是跟她闺蜜学的。烧鱼头是最简单、最方便不过的，不需要太多的佐料，先把鱼头洗干净装盘，再用现成的剁椒调料，加上料酒、酱油，上锅蒸 18 分钟即可，这是内子挂在嘴边的话。

我对吃鱼过敏怕鱼刺，鱼刺卡在喉咙实在难受，这是我经历，所以不喜欢吃鱼。内子烧剁椒鱼头，一般是闺蜜或朋友来家里小聚，内子就会弄几样小菜自己烧，其中包括烧剁椒鱼头，还有爆炒猪肚、家烧玉竹老鸭等。家烧玉竹老鸭是学泽雅农家的一道特色菜。

在农家小店，内子吃过的菜就能学来在家试着烧着吃。虽不知道配料，但也知道大概放些什么。烧玉竹老鸭材料均来自泽雅，泽雅山农饲养的土鸭，玉竹也是山上新鲜的草药。中医认为鸭肉养胃、滋阴补虚。玉竹生津，当然需要配料，烧玉竹老鸭配料有玉竹、黄精、党参、当归、枸杞子、红枣、老冰糖、薏仁米、陈皮。这是一道养生的滋补土菜。内子不知道这些药材,烧玉竹老鸭食材配料还是要我去准备去采购,她只负责掌厨,我坐等着吃就好。

内子喜欢吃泽雅小溪里的螺蛳,也喜欢烧螺蛳。只吃螺蛳口味单一,我建议,螺蛳和田鱼一起烧就多味多色,也能触动味蕾。此后,烧螺蛳田鱼又是我内子的一道拿手好菜,我家的餐桌上又多了一道"家烧田鱼螺蛳"的土菜。

内子对选购食材很是讲究,对食材选择有她的一套方法。选鱼类首先看鱼的眼睛是不是清一色的,清一色的鱼眼这鱼就新鲜,鱼的眼睛浑浊这鱼就不新鲜。对食材选择也细致精微。她对我说,你学书法对书法这么敬畏,难道对食材不也要敬畏?选好的食材,利于身心健康。她虽不懂书法,但讲的话也有一定哲理性。她对厨艺虽不专业,但也专心,对甄选食材专心、对烹饪方式专心。故此,她闺蜜们都喜欢来我家小聚,大家齐心协力洗、切、剁,装盘,最后交给我家内子。大显身手的时刻,火候、油温、蒸煮时间,掐得精准无误,这厨房啊算是内子的"展示厨艺的舞台"。

内子肯学习,烧菜也讲究搭配,荤素从不脱离,从不厌烦烧菜时的麻烦。内子烧菜虽谈不上是名厨,但出手的菜也都色味俱全。内子细心,洗菜烧菜从不马虎,我洗过的菜,内子总是还要再洗一次。

厨房是一个家的天地,烹煎油炸、锅碗盆勺谱写成一首厨房交响乐曲,内子则是厨房这场交响曲的总指挥。

"腰上围腰系,佳人正在厨",如今内子的厨艺已精进不少。

2022年9月1日星期四

泽雅山水还可图

泽雅山水可诗可图可游耳。

——题记

泽雅山水还可图。1991 年夏天，背着画夹游走在泽雅山间小路上，捕捉山间的那一抹风景。

泽雅村落古色古香，有"千年纸山"的美誉，有着活化石之称的"屏纸"手工造纸技艺也一直流传至今。泽雅也被称为"西雁"。仲夏时节，满山的屏纸在阳光下炫耀无比，淡黄色的屏纸点缀着泽雅纸农对美好生活向往的致富之梦，张张屏纸寄托着纸农们厚厚的情谊。

古色古香的泽雅透露出无比翠亮与清新，一溪碧水昼夜不停地鸣唱着一首首欢快的歌。山间翠竹叠翠，溪水奔涌不息，一年四季景色美如画图。溪水、闲云、枯藤、古树、古村落点缀其间，宛如宝珠撒向人间。西中山后面的操场、小亭子、亭子边的一棵枫树，都留有满满的回忆。

在西中山美术培训学习时，麻茂芬、林文格两位老师带着我们在泽雅山间写生，从泽雅洞桥头一路沿溪至西山下，边走边写生，我的笔下有古朴的泽雅纸农们捞纸、分纸时的速写作品，也有纸农们山间地头劳作的身影。泽雅什么都能入画，潺潺的溪水、掠过山那边的飞鸟、小溪两岸的水碓和纸作坊、山间的竹林，都是极丰富的速写题材。泽雅的风景如碧玉般镶嵌在山间的每一个角落。我们写生的足迹遍及珠岩庵、金坑峡、菖蒲峡、摇摆岩、庙后七寄树、七瀑涧等。

"天降玉龙落翠微"，七瀑涧是泽雅主要景点之一。从高处俯瞰七瀑涧，宛如一条玉龙蜿蜒而下，气势宏大。深箩漈是七瀑涧第一瀑，我们三人一组，在对面的公路上，手拿画板调好水彩颜料，对深箩漈瀑布进行写生。雨后的深箩漈瀑布直接飞溅到我们站在公路上写生的位置，水势浩大，让人不敢进前，我们面对深箩漈心生敬畏。记忆中，我的七瀑涧深箩漈写生作品还被林文格老师表扬，实在高兴，同学们也都羡慕。依稀还记得当年在七瀑涧写生的作品，我构图和用色比较大胆，色彩对比强烈，虽是写实，但我有自己对山水和大自然的理解和想法。构图不必拘泥于传统，偶尔放开胆子，不一样构图往往会有不一样的视觉效果。在七瀑涧景区，我们沿山涧一路往上，两旁的竹林相映，在阳光的斜照下，应接不暇。我们行在其间，如入山阴之道。郁郁葱葱的竹林在微风下飘来阵阵淡淡竹叶的芳香。

我们从"通天梯"一直到"摇摆岩"，为了寻觅最佳风景而忘记了一路的疲劳。站在摇摆岩我们眺目远方，隐隐约约的山从云雾中忽隐忽现，白茫茫的云雾像一顶草帽戴在高高的山头，使整座山显得颇有绅士风度。我们从摇摆岩写生一路至庙后，在庙后我们速写了石板桥。远看石板桥行人穿着蓑衣挑着担子，匆匆忙忙，似乎在赶着去集市上售卖瓜果蔬菜呢。

时光荏苒，对泽雅眷恋依旧。在泽雅写生的那段时光无比快乐，我在写这篇文章的时候满脑子的回忆都是泽雅古村、古桥、纸作坊、水碓，道坦里的大姐在分纸、山间的泽雅纸农在劳作的身影时常映入眼帘。泽雅的印象也留在我的速写本里。忘不了的还是泽雅。

我想啊，人，真是有趣，生在斯，记忆在斯。作文和言语都离不开生于斯长于斯的地方。时间在速写中慢慢地流逝，对泽雅速写的那些本本也在岁月中丢失。对泽雅依然留恋，依然留恋在泽雅写生的那段时光。

诗意泽雅，泽雅山水还可图。

2022 年 9 月 17 日星期六初稿

草木皆有情

世间万物皆有情，草木亦如此。

——题记

夏枯草

夏枯草是凉茶，夏天用来泡茶喝。

我对夏枯草的认知是奶奶的功劳。奶奶精通医理，她教会我很多识别草药的方法。过去有个头疼什么的，先考虑到是喝点凉茶，奶奶都会煎草药给我当茶喝。

夏风怡怡，

熏风微微。

山间绿荫，

天上浓云。

地头夏枯草，

路边紫地丁。

我挖来夏枯草，

一路欣喜欢歌。

以前的田间地头生长着许多夏枯草，现在不怎么多了。这个周末去了一趟乡下，找找童年的那些草药，可是怎么也找不到。

金银花

泽雅往湖岭方向山路旁边的花簇朵朵黄白相间，起先不知道是什么植物，走近一看，原来是金银花。

金银花是 3 月开花，属忍冬科植物。花开时双色分明，一色初为淡黄色后慢慢变金色，一色是乳白色，民间给它起名"金银花"或称"忍冬花"。忍冬藤是金银花的藤枝，花和藤皆可入药，其花有清热解毒之功效。

每一年我都会去采摘金银花晒干，用它代茶饮。

兰 花

我喜欢兰花。

我喜欢兰花，也喜欢种兰花。兰花是花中君子，花开时满室花香盈溢徘达。我买兰花都会去将军桥花鸟市场购买，那里兰花品种多，有云南素、建兰等。现在花鸟市场集体搬迁，将军桥从此没有花鸟市场，花草经营户们也各自找邻近的店铺，重新开张，但卖兰花的那店铺就不知道去处，也找不到。

我喜欢素心兰，素心花开洁白如玉，生发淡淡幽香。在老房子还没拆迁时，我养的素心兰都富有生机，后来房子拆迁搬了新住址之后，兰花也养了几盘，可能阳台不好养花，兰花始终也没几盘会开花的。的确，我现在没有之前那么多的精力去照顾兰花了。

现在就留一盘素心兰花，叶子枯了又抽新芽，抽芽开花，倒是新旧交替。花开带来的是喜悦，花的凋谢则带来一种淡淡的忧伤。

兰花常开多好。

茅草根

挖茅草根是童年时常干的活。"茅草根"是我们方言叫法，学名叫"白茅根"。

我在农村，村子对面有一座高山，山的前面有一块很大的平地，我们叫它"树山坪"。在树山坪有很多茅草，秋冬季节，秋风瑟瑟，山上多了一抹秋意，茅草根便在这秋风吹起的山园的田坎路边上生长，整排的茅草长长地迎着秋风飘飘洒洒"飒飒"作响。

茅草根药用价值高，其主要含淀粉及糖类，多年生草本，白色根茎。秋季采挖，鲜用或者晒干皆可。茅草根有清热凉血、利尿之功效，用水煎、代茶饮是凉茶中最好不过的。

记忆中奶奶都会带着我一起去树山坪挖茅草根，这也是儿时最初级的劳动。锄头我拿不动，奶奶说："锄头重，你拿不动，就用弯刀。""弯刀"是我们温州方言叫法，弯刀就是指镰刀。我只好用弯刀一点一点刨开坚硬的土层，土层下面就是洁白的茅草根啦，一条一条、一根一根地刨了上来。虽然辛苦，也是一件很快乐的事，最起码那个时候挖茅草根觉得是一件很快乐的事。

借着写挖茅草根这一件事其实就是怀念奶奶。

白月瓯儿

白月瓯，学名叫"栀子花"，"白月瓯"是温州方言叫法，一年四季绿叶，花似羊脂白玉，花期长。

每当白月瓯花儿开时，满园都飘逸着淡淡清香。

白月瓯花儿开，

摘一朵来，

一朵送给你，

一朵给自己。

芭 蕉

9间老宅南边的角落里原来有一丛芭蕉。芭蕉叶子宽大，落雨时可以在它的叶子下面躲避雨水的突然"袭击"。

"滴滴答答"雨水落下啦，

雨水淋湿不了我，

我用芭蕉来遮挡。

2022 年 9 月 18 日星期日

风味泽雅

——风味是一个地方的记忆

风味带给舌尖上的不仅是愉快，还是一种承续的文化记忆。

风味的基础奠定了一种美食的普及，风味也挖掘不少味蕾的惊喜。舌尖上的欢快，来自风味的吸引，有山的地方一定有山珍，有水的地方也一定有美味。泽雅是一个山清水秀的好地方。泽雅山水向你展现的不仅是柔美和秀雅，更是热情和包容。

泽雅山美水美，风味在泽雅，泽雅透露风情。风味泽雅给你带去泽雅山间的一丝风味，农家菜肴更是游子久别家乡的记忆。风味是奠定美味的基础，风味更是对记忆的追寻，读懂一个地方，必从这个地方的风味开始。让我们一起走进泽雅、品味泽雅。

泽雅"油汤圆"就是风味的呈现，它色黄微焦、软糯香甜，糯米香、蔗糖香和芝麻香集结于一锅。在过去物资匮乏的年代，平时吃不到油汤圆，只在过节的时候才能吃到如此美味的汤圆。制作油汤圆的食材来自山间的粳米和糯米，将粳米粉和糯米粉按比例掺水搅和成团状搓圆，放在大锅里翻炒，炒至水分干时，再加少许猪油继续翻炒，慢炒慢加老酒，炒至色泽金黄稍加少许蔗糖再慢炒一会儿，最后撒点芝麻就可以出锅。"油汤圆"寓意着阖家团团圆圆，生活如芝麻开花节节高。人们在享受推崇风味的同时，也总是想起对美好生活的期盼、对美好生活的向往。

泽雅山间有一味中药材叫"黄精"，或称"玉竹黄精"。"黄精"是喜阴的一种植物，生长在杂草灌木丛中，是一味养阴的药材。"玉竹黄精老鸭汤"，将玉竹黄精配上枸杞、西路、薏仁米、红枣等药材，与泽雅山农饲养的本地老鸭除去内脏洗净切一小段一起放于陶罐煲汤，就是一道滋阴养阴的药膳美食。"玉竹黄精老鸭汤"滋阴养肺补肾，经常吃延年益寿。村里传统在"处暑"时节吃"玉竹黄精老鸭汤"最合适不过。风味在不同的季节有不同的膳食之法，季节性的膳食最能调动舌尖上的欢愉。

泽雅，溪水清澈，水生鱼类丰富，水流之处争先恐后必是水游物种也是水中至美——"溪鱼"。"溪鱼"我们称"溪斑"，是泽雅人的餐桌上必不可少的美食。将溪鱼洗净，加梅菜干，再加少许辣椒、生姜炒煮，一盘香喷喷的"农家梅菜烧溪鱼"就出炉了，等待你大快朵颐，一定能与你的味蕾触碰出火花来。泽雅的溪鱼味香至美。

泽雅山幽，竹林茂盛，春来生笋。竹笋有新鲜和晒干两种吃法。笋干就是晒干的新鲜竹笋，泽雅笋干必是不可少的食材。阳春三月竹笋破土而出，新鲜竹笋甘甜味爽，鲜炒竹笋是二三月间时令山珍美食。挖竹笋，泽雅外坳阿柱同志有一套长年积累的经验，根据他的经验就能知道"大年""小年"，哪里竹笋多、哪里竹笋少，都是凭经验。我要吃笋，阿柱同志就能挖来竹笋，能解我一时之馋。"鲜竹笋炒芥菜""笋干煲猪蹄""鲜竹笋炒腊肉"等，都是泽雅美味儿。现在为了保护竹林生态，少挖竹笋，适量为好。

泽雅，每到过年的时候就有蒸做麻糍的习俗。"过年麻糍香，麻糍好吃捣难捣。"捣麻糍需要体力，将糯米蒸熟放在捣臼中多次锤捣，捣软捞出放在大木盆中，用手捏出一小椭圆放在豆沙中。过去，过年前孩子们都围在捣麻糍的边上等待着吃麻糍，麻糍浑身伴着豆沙的焦香，咬一口就让你唇齿留香。随着社会进步，制作麻糍，机器代替了手工，能省时省力，但是缺少一种淡淡的思乡情趣。

记忆中，泽雅龙溪和梅溪交叉的水域汇集之处有一深潭，水深8米左右，我们俗称"溪江口"。"溪江口"水比较深，深潭之中有一种美食，就是溪中青蟹，青蟹个大肉肥。小时候，我们必须潜到水底深处才能抓到青蟹，水底的石头下面都有青蟹，潜水不好就与青蟹无缘，就抓不到青蟹。过去烹饪青蟹没有这么复杂，煮饭时单纯地放在饭锅里蒸，等饭熟时刻，满盘蟹油四溢蟹汁飘香，这样蒸的青蟹既简单又美味。

风雅造就食材，食材造就美味，不同食材蒸煮和烹饪方式也各有不同。

从油汤圆糯米芳香与老鸭煲的清味构成风味泽雅一道软硬兼施的八卦醉心拳，到竹笋的鲜嫩和麻糍的软糯，都是风味泽雅一道舌尖上的舞蹈。

将几种不同特色美味食材凑齐在一起，就是一个地方的风味。风味泽雅就是嗅觉和味觉的触碰，风味泽雅亦是食材与烹饪完美的结合。风味泽雅，呈现的都是泽雅先民勤劳智慧的结晶。

风味泽雅不仅限于此，还有其他。一时难述人间烟火，风味持久永驻泽雅。

2022年9月1日星期四

烧烤时味

人间烟火，烧烤时味。夜色如幕布降了下来，黄龙街道凌云路的两旁摆满各种小吃和烧烤店。

其中烧烤店占据多家店铺，人们穿梭在各种小吃店门口，来回徘徊，挑选自己心仪的那家围坐一桌。各种小吃在夜间给黄龙社区增添了一道美食风景。一条街，一个小吃店铺，一群人，络绎不绝，有直接打包走人的，也有边吃边聊的，也有拖家带口不断地穿梭看热闹的。

夜宵现在成了年轻人的一种夜生活方式，到了无夜宵不欢的层面。许多年轻人甚至"昼伏夜出"，生活规律大大改变。夜宵给经营者在带来经济效益的同时也压缩了年轻人的休息睡眠时间，许多小吃店或排档通宵达旦，营业至凌晨三四点。

老周是一名摄影师，他下班后都会去江滨路走一圈，回来再约我烧烤店吃夜宵，小酌畅谈一会儿。我也是受了他们的影响，最近也改变了原有的生活方式，原来是不习惯于现在的夜生活，不习惯烧烤这种方式，避烧烤而远之，闻不了那种烟味与辣椒呛鼻刺激味。

不过烧烤受大众的喜爱，不单是北方游牧民族的最爱，也受到大部分人的追捧。随着时代发展，烧烤更成了大都市年轻人的热门话题，热门小吃。烤海鲜、烤蔬菜，一串串烤羊肉、烤鱿鱼、烤鸡翅、烤蒜蓉生蚝等，还有烤青椒、烤茄子等蔬菜之类，小小烧烤店什么都有。大伙吃着烧烤带来的美味和扎啤的刺激，在美味的诱导下，触发味蕾的愉悦，更使人欲罢不能，无法拒绝烧烤带来的诱惑。如果你是为了减轻工作上的压力偶尔来一点烧烤，不是不可以，但真的不能大吃海喝，应适当控制，对食物有度，有节制，食物不能贪多，酒更不能贪之过多。所罗门说："酒发红，在杯中闪烁，你不可观看，虽然下咽舒畅，终久是咬你如蛇，刺你如毒蛇。"（《箴言》）

说实在的，我对烧烤像大热天去山上砍柴一样并不乐意，但为了附和大家，只好就地就范跟随他们围在烧烤的桌子边。烧烤的老板，他都会察言观色，看温州本地人就会问你要不要辣的，辣分三种：微辣、重辣、麻辣。我们一般吃不辣，说不辣其实也有点辣，只是辣的层次不同。如果不是温州本地人来吃烧烤，老板什么都不问，直接串串辣味十足，那个辣啊真的是辣得头昏脑涨，合不拢嘴。

黄龙社区的小吃店也竞争激烈，不过，各自有各自的经营方式和独门秘方，不怕没有顾客，也不怕别人抢了你家的生意，你经营你的小吃店，我经营我的小吃店，大家互不干扰，最终看谁的小吃最能吸引顾客，那要看各家的本事。

关于烧烤，我还专门查找了一些有关历史资料。烧烤还大有来头，资料对"烧烤"的解释说，"烧烤"是指肉及肉制品置于木炭或电加热装置中烤制的过程。烧烤有两种方式，一种是在平底锅里烤（Grill），一种是直接在火上烤（Barbecue）。烧烤是将食物在火上烤熟，直至可以食用。黄龙社区这边的烧烤都是第二种直接在火上（电磁炉）烤。

烧烤本身是一种娱乐的休闲方式。烧烤受大家喜爱，是因为不受地方的限制，一个烧烤架，在家庭聚会、户外交流中都非常适合。黄龙社区由于居民密集楼房林立，烧烤店一般都开在居民楼下。现在烧烤店都采用无烟的电磁烧烤设备，降低了居民对他们的投诉，黄龙一带的居民也受尽他们的折磨，习惯了就习以为常，只好默许他们营业。

不管用怎样的经营模式，将食物卫生的关把握住，让人们吃得放心真的是重中之重，让人们真正享受到食物带来的味美及味蕾的愉悦。

人间烟火，烧烤时味。

2022 年 9 月 11 日星期日

人间清味

凉拌黄瓜

凉拌黄瓜是快捷方便的一道凉菜。

其味滋甜爽口。凉拌黄瓜,首先将黄瓜在砧板上用刀侧面拍碎切断装盘,然后倒入微许芝麻油、米醋、白糖、味精、料酒,搅拌均匀,再放入少量花生米即可。几人小聚酒未过喉,味蕾均已触动,来点凉拌黄瓜,花生米的脆伴随麻油的香,直接能促使味觉的升华,一道凉拌黄瓜下酒既简单又实惠。

凉拌猪头肉

约两三好友,偶尔小酌,凉拌猪头肉必点。猪头肉有嚼劲,可慢咬细嚼,聊天喝酒都不耽误。

取本地猪头肉切片,放入花椒、米醋、料酒、辣椒切碎,搅拌放葱蒜、香菜、芝麻油、味精,即可入食。

南瓜汤

父亲在老家 9 间祖宅，勤劳不愿"退休"，在空余种起了瓜果蔬菜，父亲很实在朴实地说："自己种的蔬菜吃益。"

的确，父亲种的菜纯绿色无公害、无污染，这些蔬菜都是出自自己家的田园菜地。除了八棱瓜、茄子、玉米，南瓜结瓜最多。黄澄澄的南瓜在瓜棚上像是露出可爱的脸庞，在微风吹拂下连连挥手着。父亲对我说："金瓜（即南瓜）熟了，过来拿。"我喜欢吃南瓜，尤其是南瓜汤。南瓜汤做法不难，把南瓜切成一小块入锅，放几枚红枣加少许白糖水煮即可。

南瓜汤味甜解渴。酷暑难耐，一碗南瓜汤算是临时的"解渴救兵"。

白露刺七星蹄

2022 年 9 月 7 日（星期三）23 时 32 分，迎来白露节气。

白露，富有诗情画意的一个名字。《诗经》说："蒹葭苍苍，白露为霜。所谓伊人，在水一方。"读着《诗经》里的句子，我有一种无比愉悦的轻松之感。白露，似秋风拂过脸庞，留有一丝凉意。苏轼赋诗说："白露横江，水光接天。"白露这个节气，使人意境天开，心旷神怡。

泽雅民间在白露这个节气到来之际，泽雅纸农都会去山上挖取一种叫"白露刺"的中药材。白露刺，木本，五叶对生，有强筋骨祛风湿之功效。

泽雅纸农将挖来的白露刺用山泉水洗净，与七星蹄炖汤。七星蹄就是猪爪子，是猪的前脚。白露为霜，"霜"为阴，属于寒，白露过后天寒湿气重。民间说，白露不露身，身体一定要注意保暖。这个季节白露刺炖七星蹄保养筋骨去风寒，是最好的药膳食疗滋补品。七星蹄有着通脉强体魄之作用，泽雅纸农也深知药补不如食补的养生理念。

菜干肉

泽雅民间有俗语："菜干配相能，番薯吃大人。"菜干肉是我们泽雅纸农的一道辅佐菜肴。

泽雅地处山区多山田，田里适宜种芥菜。将新鲜芥菜取来清洗干净，晾干后切碎，装放在木桶或者腌菜缸里，铺一层菜叶撒一把盐，用脚踩踏压实，过一周后掏出晒干，这就是菜干。

二姑妈是晒菜干的高手，她晒的菜干色黑味香。我不时地能得到二姑妈的菜干馈赠。我们是吃着菜干长大的，过去物资匮乏的年代菜干是最好的配饭佐菜。

菜干肉，取三层五花肉，切片放在锅里翻炒出油再放入准备好的菜干，继续翻炒，炒至味香微焦，放少许白糖、味精，最后加点黄酒，撒点葱花，翻炒均匀，即可出锅。菜干肉咸香微脆，伴随葱花鲜味扑鼻，最好下饭。奶奶说："菜干配配，吃饭香香。"

七肾 "补珍汤"

　　一道美食总是带着淡淡的乡愁，也是游子"别来此处最萦牵"最惦记的思乡情结。

　　泽雅纸山，秋冬季节，纸农会在闲暇之余背着锄头到山中挖一些中草药材，来制作滋补养生药膳汤。泽雅山间中草药材资源极为丰富，不管是哪个角落都能有你所需要的草药。

　　七肾补珍汤，泽雅民间俗称"神仙汤"。中医认为肾是先天之本，肾好精气神就好。在泽雅民间，人人都是药膳高手，对药材的识别能力极强，熟悉药材的功能。"补珍汤"就是纸农采用泽雅山间的草药荔枝肾、菜头肾、棉花肾、花麦肾、龙芽肾、对叶肾、鸡屎藤等煎汤与老鸭或土鸡、猪肚、猪蹄、羊肚、猪心炖汤。过去食材简单，没有多余的配料，食材与配料都来自泽雅山间。

　　一道"七肾老鸭煲"，既养身又美味，老鸭与药材完美融合，汁浓味香，可口清味。这道"七肾老鸭煲"就是采用泽雅山间农家饲养的老鸭，宰杀后用山泉水洗净，除去内脏，切成块状，放在锅中与菜头肾、白露刺等七八种草药炖汤。这道七肾老鸭煲，可以补肾强筋骨，祛寒湿。食材的搭配都是随心所欲，食材也是大众化，纸农整天劳作，难免体力不支、扭腰损背什么的，纸农就根据自家经济情况来弄些食材给自己补补身子。过去物资匮乏年代，很难吃到名贵的食物。纸农饲养的鸡鸭，也都是过年过节时才宰杀，犒劳一家人一年的辛苦付出。

过去，冬天的泽雅，寒风袭来，冷得刺骨，满山白雪，穿的鞋冰冷至极，双脚是否有穿鞋子都不知道，那个时候如果有一碗热乎乎的汤什么的真是太好了。回忆小时候更是没什么来取暖来滋补身的。冬天是最好的养生季节，药膳是唯一可以活络气血、凝聚精气的，有条件的人家就会用白露刺等药材与猪心炖汤来除湿驱寒增补体力。

随着时代的发展，这道"匕肾老鸭煲"药膳食材配料更加丰富，它可以增加更多辅助药材。现在，纸山农家什么都不缺，只要你有时间，要想吃什么药膳，泽雅农家都随时备齐，随时都能吃到你想要的美食。

纸山清欢，人间烟火。一道美食总是带着淡淡的乡愁，乡愁萦绕心间。"补珍汤"最能激起乡愁、触动味蕾的欢愉和舌尖上的舞蹈。

2020 年 9 月 7 日白露写于周岙九间

俯下身来

"我女儿的字能学好吗?"家长担心地说。

昨晚听一家长说孩子的字很难看,不知道怎么办,问孩子有没有希望。

"当然,肯定有希望。"我说。

从家长的言语中就可以知道其心何等着急啊!这孩子好动,心比较散,一开始习惯不是很好。对这样的孩子,还是先慢慢改变其习惯,才能再让他安下心来写字。

孩子握笔习惯不好,可能长时间写字导致握笔姿势不好,你要提醒孩子写一会儿字,放下笔休息一会儿;再拿笔,注意提醒孩子握笔姿势要正确,再来写字;写一写,再歇一歇,歇一歇,再写一写,握笔问题自然迎刃而解。

家长朋友们的心切是可以理解,但急还是急不出好字来。不妨先从习惯培养着手,唯一就是让孩子先树立良好的写字习惯与握笔习惯。这里我建议家长先改变一下自己的写字习惯,偶尔也提笔写写字,故意装作不懂,向孩子请教,以此来鼓励孩子学字。这样,孩子也会用心地去学。家长的这一"请教",既可以改变孩子，也给孩子树立了榜样，孩子需要的正是榜样。这个时代需要一个榜样，让孩子在家长榜样的氛围中成长。所以，教育孩子还得用尽心思绞尽脑汁，想尽一切可教之法才行，不能急，得用智慧去教育孩子。

我有一家长很有智慧，在双休日故意安排时间让自己的小孩教自己写字，说妈妈这个"女"字和"心"字不会写等等，因为"女""心"两字最难写好。起先孩子也不是很认真学习，后来非认真不可，得回去当小老师，教妈妈写字。这位妈妈可真有智慧。个别家长不妨也效仿一下，俯下自己的身来请教你的孩子。

学习书法首先是习惯培养，坐姿习惯、握笔习惯、握笔轻重等，习惯好，无形中字也在进步。其次是家长也需要有耐心，耐心是美德。英国著名教育家托马斯·亨利·赫胥黎说："耐心加上坚韧，其价值远远胜过双倍的聪明。"家长的耐心往往会赢得孩子的进步。再者，教育孩子过程中应多注意方法，适当的方法能使孩子信心倍增。

孩子的成长中，家长对孩子的鼓励是不可缺少的。你在看孩子的优点同时，也要包容孩子的缺点，不要责备，孺子皆可教。更不要用消极的言语去讽刺孩子。用积极的言语去帮助孩子，相信孩子会更加进步。这次不行，你说："下次一定可以。""你一定行。""你还可以重新再来。"让你的孩子更加优秀。

俯下身来吧！从今天开始，用足够的耐心去支持鼓励孩子。

日出远海明

天刚蒙蒙亮，我走出船舱。

站在甲板上，遥望天际，一轮红蒙蒙初升的红日，这就是朝阳。

这是最美的一刻，朦胧的朝阳如一团花簇，正在含苞中开放，"花簇"是那么清新、迷人。我看到这一轮朝阳可爱至极，放眼遥望，朝阳释放出五色光芒，染红整个天际。

我以前也看过朝阳，是在山上。双休日，每当天刚刚亮时，我就挑着簸箕，磨好弯刀，上山去砍柴。一路上，山岭间，两旁露珠在晨光中闪闪发着微弱的光，我便用手中的弯刀，慢慢地拂去昨晚遗留在草丛中的露珠。我不经意间发现，整个人连裤脚都湿漉漉。我只好坐在一块巨大的石头上，等待朝阳升起，露水蒸发，不然就不好砍柴，因为柴也都湿蒙蒙。我只好在朦胧的雾气中等待，等待初升的朝阳，将昨晚遗留在草丛中的露珠赶跑。

"日出远海明"，我翘首一望，天光水耀，初升的朝阳像小姑娘露出羞答答的脸庞，从天一边慢慢地走来。我面向初升的朝阳，真想去拥抱它。朝阳是那么单纯大气，毫不怠慢地履行着自己的职责，没有埋怨，日复一日，年复一年，朝起夕落，送走了多少个日日夜夜。朝阳被诗人们认为神圣不可侵犯，印度诗人泰戈尔每天会对着朝阳，双手合十默默祈祷。我也对朝阳充满敬畏之心，正如诗人说："那向外观看如晨光发现，美丽如月亮，皎洁如日头，威武如展开旌旗军队的是谁呢?"对朝阳我不能不敬畏。

迎来朝阳，送走晨光。我站在船舱甲板上，默默祈祷。船慢慢驶向东海，朝阳也随着客船慢慢地奔向高空。

我忘不了初升的朝阳，那轮朝阳也深深地印在我的脑海。

1992 年秋于上海师范大学图书馆初稿

2009 年国庆节修改

2022 年 9 月 7 日星期三誊稿

山随平野阔

秋天，色彩艳丽的季节，红、黄、橙、褐，是主要的色调。秋天也是残酷的季节，所有成熟的都被收割。环顾田野，被收割一空后，露出土地的原色。收割虽残酷，更多的是喜悦。夕阳残红，给这片原色更加增添酷意。群山也在这夕阳下默默无语，为这个残酷的季节忧伤。只有院子面前的小溪，还在欢快地奔流，像顽皮的孩童，嬉闹着往前冲去。秋天大概是文学家最喜欢描绘的景色。在古代的诗词中可能"秋"这个字出现的次数是最多的。山随平野阔，秋天色浓地阔，给了诗人太多的遐思。都说自古文人多悲秋，而唐人刘禹锡却说："自古逢秋悲寂寥，我言秋日胜春朝。"张辑的《疏帘淡月·秋思》说："梧桐雨细，渐滴作秋声，被风惊碎。"秋天，庭院、梧桐、芭蕉、细雨，构成了一幅无限遐思的细雨秋声图。

我对秋天算是喜欢至极。在秋天总是能捕捉到意想不到的一丝秋意、一丝感动、一丝安慰，在秋天也总是能寻味到触动味蕾的那点刺激。寻味、捕捉秋天，在秋天的色彩中激起一层一层生命活泼的浪花。

"山随平野尽，江入大荒流。"秋天可能有太多的词汇来描写，我在这里就不用太多的笔墨来书写秋天，就此搁笔。

2022 年 9 月 7 日星期三

赋得秋风至

"赋得秋风至"这5个字是内子无意间给我的建议，我便用它来作为这篇文章的题目，蛮好，还真的蛮好。

赋得秋风至，纷纷落叶来。秋天静静悄悄地来到我的身边，她悄无声息地支走炎热的夏天，带来凉爽的秋天。

秋风轻轻地沿着周岙梅溪边掠过竹林，拂过岸柳，来到田野，唤醒稻谷，迎来丰收。秋风经过的地方都留下了浓浓的秋韵，秋风给大自然增添许多秋的色彩。秋色来临，涂抹大地，大地一片秋意浓。枯草萧萧，花歌叶舞。漫山遍野的柿子，在秋的诱惑下也含羞地红起了脸，躲在墨绿色的叶子后面，羞答答得不敢露出脸庞，看过来的人们，想必是害羞了呢。

我对秋天这个季节颇为敏感。每每骑着单车经过九山湖畔的道上时，映入眼帘的就是道路两旁的绿树浓荫。我骑着单车穿梭其间，仿佛听到秋声向我欢呼，向我招手。我迎着秋风，听秋声的爽朗欢笑，真是满心喜乐，顿时兴奋了起来。九山道上两旁的大树，萧萧扬扬，在秋风掠过时，满树的叶子随着秋风在空中飞舞，落叶纷飞，飘飘洒洒。我看这落叶，多半是迎合我个人飘摇来而落下的吧！我像是被飘落的树叶相邀似的。

我爱秋天，我爱秋天的落叶。我真想与落叶欢歌和声一曲呢。我随即刹车停下单车，伸手去接从树上飘落下来的树叶，我想把每一片树叶都接住，收入怀抱。飘落的树叶不肯放过每个角落，争分夺秒地想铺满每个角落。金灿灿的落叶满地都是，纷纷扬扬，落个不停。落叶给诗意般的秋天带来胜意，带来风采。秋风从古至今都没改变过，萧萧瑟瑟，随清风明月，带来浓浓的相思。秋风何曾改变过？从"秦时明月汉时关"，秋风既仰慕过秦时的明月，也拂绕过汉时的关隘；也曾到李白的精神世界"秋风吹不尽，总是玉关情"；再到李煜"无言独上西楼，月如钩。寂寞梧桐深院锁清秋"凄惨悲凉孤独寂寞的内心独白；至明人朱高炽"玉律转清商，金飚送晚凉"，淡淡的凉意，激起作者对晚秋的眷恋、对人生的感叹。不管时代如何变迁，生活多么不易，秋风始终矢志不渝，守护在你我身边。在每个时代都烙下深深的印痕，山谷之中，溪水之畔，秋风拂来，吟唱着那首古韵悠扬的《秋风词》。

琴声悠悠，秋风寂寥。对飘落的树叶，我看着于心不忍，多可爱的树叶啊，怎么就这么随风飘落呢？我很想捡起从树上飘下来的落叶，重新把它粘黏在枝丫上。幼稚的想法，我想着，这是一件不可能做到的事，但我还是遐想一会儿。树叶的飘落是大自然的规律，这规律谁也无法阻止，谁也无法去改变它。

秋声有韵，秋风细柔。细柔的秋风原本是给天空、大树一段美好的回忆，落叶也原本是给大地一个深深的吻，谁承想，秋风激起千层浪；哪知，这一切都是幻觉，都不真实。树叶落下，深深地与泥土相融。秋风无情，我却有意。我想从秋声赋得片刻的欢快也好，秋风扭头就走，不理不睬，不知我多情。

让我奇思妙想一会儿，如果在每一片飘落的树叶上都题一首诗如何？一首祝福的诗，让写着祝福诗句的落叶伴随秋风，带给我最亲爱的朋友们，多好啊！秋风兴来，落叶纷飞，我心欢愉。

赋得秋风至，纷纷落叶来。

2022 年 9 月 29 日星期四凌晨完稿

泽雅那些事儿

我家地处瓯海西部泽雅周岙（周岙也是周姓聚居地），先始祖来自福建。据《周氏宗谱》记载，周氏始祖梅涧（云翁）打猎自福建一路追随一只白鹤至此岙并居住在周坪，而后繁衍生息，聚族而居，日出而作，日落而息，已有千余年历史。周岙古村落坐西朝东，环绕一溪碧水。我们村家家户户都从事古法手工屏纸制作。

泽雅都有哪些事呢？下面就简单闲谈一下手工屏纸、雕版印刷和周岙挑灯。

手工屏纸

泽雅也称纸山。屏纸在泽雅已有千余年历史，泽雅素有"千年纸山"之誉。泽雅有丰富的水资源和竹资源，为制造屏纸提供有利的自然条件。我们的先民沿着梅溪两岸建起水碓和纸槽（纸作坊），利用水的动能将水竹捣碎成碎纸绒，捞成纸浆，最后制作成屏纸。手工屏纸制作整个生产过程有 80 多道工序，这种古法造纸流程，与宋应星《天工开物》中所记载大致相同。屏纸是利用竹子腐朽后经过多道手工流程制作而成的屏纸，类似安徽泾县生产的宣纸，与宣纸制作程序雷同。屏纸比宣纸小。屏纸耐腐不容易被虫蛀，但不能遇水，遇水即化，这种屏纸也环保。

过去，爸爸起早贪黑都是为了生活，整天不是在捣碓捣刷，就是在纸槽撩纸，忙碌的身影总是不停地在干活。捣碓的"隆隆"声，让我惊心动魄，不敢靠近，那一阵一阵的"隆隆"声，响彻整个山谷。我还小，什么事都不会帮忙，长大一些只能学会"分纸"。"分纸"也是古法造纸最后的一道程序。"分纸"是将屏纸分成一张一张，晒干就可以捆成一条算是完工，分纸用的工具叫"纸砑"。"纸砑"是用一大概拳头那么大小的小圆短木头，一小条小铁条弯附在小圆木上，类似"弓箭"一样。纸砑就拳头大小，握着纸砑，用来研纸，研纸是为了松散纸张之间的密度，更好地分开纸张。

泛黄的屏纸有童年的记忆，也有童年的辛苦。在我们家当时唯一能维持生活的就是靠一张纸，全部经济来源也全寄托在一张泛黄的纸上。泛黄屏纸闪金光，富裕生活靠它帮。

现在手工屏纸也退出了百姓的生活。

雕版印刷

雕版印刷需要继承与发扬。雕版印刷是古老的印刷技术，早在唐朝中后期的公元 9 世纪，雕版印刷较为普遍。现在雕版印刷已经淡出人们视线，不常用，而是作为一项研学课程给学生来体验古雕版印刷的文化魅力。

雕版印刷是泽雅的一项游学体验活动。泽雅纸源村村是研学基地，徐老师的雕版印刷基地就在纸源村。徐老师利用节假期安排几场学生暑期雕版印刷游学活动，学生在雕版印刷过程中体验古老雕版印刷的神奇。

修缮宗谱需要雕版印刷。浙南温州地区历来有修宗谱的习俗，现在，瑞安、平阳等地还有人专门从事雕版印刷手工修缮宗谱，主要也是为修缮宗谱或家谱来延续这门雕版印刷技艺与"记忆"。据说修缮一套宗谱价格还不便宜。我很佩服雕版印刷的师傅们，是他们还在坚守这古老的雕版印刷技术，默默地守护承续这一古老的非物质文化。

雕版印刷需要不断继承与发扬。

周岙挑灯

"走周岙晗挑灯。"

"今天，周岙闹热显。"人们相互说着。

正月是灯的海洋，花灯给村民带来祥和与祝福。每年的正月十三是周岙挑灯时节，这一天也是邀请亲戚朋友参加宴会的日子，挨家挨户大摆"正月酒"，亲戚朋友欢聚一堂，聊天畅谈开春的事情，不亦乐乎。

周岙挑灯源于明朝嘉靖年间，花灯也称灯笼或宫灯，在古代是用来照明的。近3年以来，由于疫情，正月十三就没有举办挑灯这个民间习俗活动了。

周岙挑灯是民间文化习俗，是集剪纸和纸扎书画为一体的纸扎民间习俗文化。制作花灯材料也来自山间的竹子，把竹子劈成一小竹篾（竹篾厚度大约五六毫米），根据造型用麻线（现在都是用小铁丝）固定扎成竹骨架，糊上糨糊，再贴上各种颜色的纸。以前用的纸就4种颜色，红、黄、绿、白，现在的材料纸张颜色就丰富多彩了。

花灯的样式很多，周岙传统的花灯是纱灯、走马灯、元宝灯等。"走马灯"也叫"旋转灯"，制作很费功夫，制作风盘（转盘）难度较高。以前都是用锡箔，通过空气加热，形成气流来推动轮轴转动；周岙制作的走马灯手工最好的就是我的表伯陈良；元宝灯、纱灯制作则较为简单，我从小也制作过。将纸把花灯糊好完毕，下一步骤就是贴上彩色的纸花。一朵纸花制作是这样的，彩色的纸要卷在筷子上，先把铜钱套在筷子上，将彩色的纸卷在筷子上卷好，再用铜钱往下按，将纸弄皱，拿下来稍微抚平打开，用糨糊再将几小张彩纸重叠在一起，一朵圆圆漂亮的纸花制作完成。纸花颜色以红、绿、黄为主，现在的纸张颜色丰富，可以用不同的颜色组成各种纸花来装饰。

关于周岙挑灯，还有一句俗语："周岙挑灯笑嘻嘻，戈恬挑灯穿蓑衣。"村民都说正月十三那天，天气都会很好，不会遇到下雨天，这大概也是村民的一种美好意愿。乡亲们将亲手扎的花灯挂在竹子上，行走在夜间的小路上，煞是好看，远远望去像是一条游走的火龙。

"周岙挑灯真热闹。""下次（明年）还会再来。"观灯的民众说。

挑灯的人们喜气洋洋，漫步游行在山间小路上，祈愿国泰民安、风调雨顺、吉祥安康、万事如意。周岙挑灯现在被列为浙江省非物质文化遗产之一，愿花灯技艺永远被传承下去。

泽雅的事或风情民俗不止是这些，以后再慢慢地聊吧。

凝　香

春光满园，凝香聚芳。

"凝香"二字是祖宅照壁上横额上的题字。"凝香"二字应该是出自李白的诗句"一枝红艳露凝香"。

凝香光华盛，念旧相思中。凝香，凝聚众花之香。满院生香，花香满园。清香徘达，凝聚众花之香于一院内。花色旖旎，香气迷人。照壁依旧，"凝香"二字已经不见踪影，原来是朱框红底黑字，用如意莲枝纹装饰，照壁与正屋大厅遥遥相望，显得大气端庄。原来在照壁两旁有一副对联，也是红底黑字，上联写的是"满园花香呈翰墨"，下联是"三春鸟语话文章"。过去，家居环境与文化内涵很有关联，家居环境也体现出房屋主人的性情与爱好。

夏承焘日记记载，琦君先生在瞿溪的潘家大院家居环境极为洁净，夏承焘说："希珍（琦君）所坐书案窗几明净，兰芬满室。"大家闺秀，书房理应高洁雅致，与众不同。1938年3月3日，夏承焘避居在瞿溪我曾祖父的表兄毛宅（毛公铎家），毛宅在瞿溪也是首屈一指的大户人家，相帮人（即长工）就有一百号人，当时在曾祖父的表兄家（毛宅）避难的已有七八家七八十人，曾祖父的表兄特地为夏承焘先生准备一间房子。当时在瞿溪的毛宅和我家的祖宅建筑格局基本相似。晚清民国时期，在浙南温州地区房子建筑格局大致雷同。我家祖宅 9 间大院，在周岙当地也是一座大宅院，有一定规模，如果要打扫卫生，一周才能把整个大院子打扫完毕。9 间大宅，庭院洁净，兰香满园。村里的老人说，道坦里一点垃圾都没有，干净得很。

从一张我家祖宅 1932 年的老照片上看，缸荷亭亭，盆景兰香。院子颇为洁净，四处散发着是兰草的芳香与荷花的清香，香气扑鼻，凝聚万香之香。凝香，是心灵的愿望，是人生追求的一种境界。

心中草味，溪畔梅香。周岙古称梅溪里，以种植青梅出名，梅溪两畔梅花朵朵，碧水红枝，风景独妍。在如此清幽的环境，山幽水清，9 间祖宅凝聚众花之香，便也有一番风趣。时光荏苒，过去庞大的大宅院，如镌刻在照壁上的横额"凝香"二字一样，字迹消失不见，大宅院不见，昔日繁华也不再重现，都已成过去，凝香也都在历史的尘埃中凝聚了。何曾不想：

凝香聚芳，春光满园！

2022 年 10 月 12 日星期三

又是一轮秋影时

又是一轮秋影时。

今年中秋节和往年中秋节不同，往年中秋节，可以给远方朋友写信，相互问候，对朋友的思念都寄予一封信中。

今年就不同，没有过得悠闲。今年的中秋节没趣味，过得很不惬意，没有买月饼，只不过好友送来一盒月饼。好友地处贵州，身在他乡，不免有思乡之感，他只好借着这一盒月饼来寄托对亲人的思念。他真有心，早早准备一盒包装精美的大礼盒"桥墩"月饼，给我作礼物，也给远在贵州的亲人寄去。

"每逢佳节倍思亲。"往年中秋佳节，我都会给老朋友发短信，送祝福的同时也感谢老朋友对我的关怀。说真的，老朋友多年不见，确实想念，只好借着手机短信问好。老朋友对我很好，四川美院一别，多年不见，都是通过书信彼此了解生活情况。这些年，我没工作，老朋友说，从来信中看出我心情不好，可能生活有什么困难。老朋友给我回信中鼓励我说："不要担心，困难会过去，我这里还有一点钱，你不够，先用我的，我给你汇去，没关系。"

　　我很感谢老朋友的关心。看过老朋友的信后，我便慢慢地折好信纸，轻轻地将信放在抽屉。

　　随后我便拿起手机，给老朋友发短信：我们的友谊，山高水长。

　　以前，我不喜欢发短信，喜欢写信，写信的方式最好不过。我朋友也说，你可以给我写信，但不要用发短信的方式，我不会操作手机。不知怎么，我就忘记老朋友说的话，还是用手机给老朋友发过去。我不知道老朋友有没有收到短信，我的手机一直不见响，难道是我调至震动挡？不是？是我忘记。哦！原来，老朋友不喜欢用手机发短信，喜欢用写信的方式。在老朋友看来写信比发短信有意义，写信可以从字里行间看出一个人的状态，更能看出写信时的心情。

　　夜已深，很难入眠。我便起身，坐在台灯下，连夜写信，一大早就给远方的好朋友寄去。

　　我想：收到信后，老朋友一定兴奋至极。

　　但愿如此。

　　寄走信后，我满怀释然。

2010 年 10 月 16 日深夜

老宅久伫思往昔

  冬天，老宅的四周依然绿意盎然，翠竹生辉。

  虽然早已经不见黑墙黛瓦，却依稀能领略惜时的风华。透过雕栏的砖花，漫步在布满鹅卵石早已长满青苔的小径上，心绪总是留恋不舍。时已匆匆，时过境迁，留下来的便是久久长在围墙那边的一株株枯草。点点的故事也停留在一株株枯草之间，儿时一段美好的回忆贸然眼前。

  老宅久伫思往昔。残垣断壁仿佛是一位历经沧桑的老人，无声无语却道尽人间辛酸，那副缺失的对联不仅承载岁月的厚重，也是老宅当年的荣耀。断砖边的那丛蕨草岁岁枯荣，冬枯春发，见证老宅一时的辉煌。一阵风吹过竹林，如泣如诉，发人忧思。

  "岁月本长忙者促，天地本宽卑者隘。"

  罢了，罢了，啰唆啥，喝茶去吧。

往日繁华不再有

——忆九间花园

曾经让人向往的九间花园，如今却是杂草丛生，一片荒芜。

梨花、兰花、梅花早已不见踪影。本来是春来花满园，香飘十里，风景这边独好。特别是那一簇簇的桃花，粉嫩枝头，在翠亮的嫩叶中向过往的行人像少女般尽情地展示自己妩媚的身姿。可现在呢？现在的佳树美果都没了精神，原来装扮九间花园的果树啊兰草啊，甚是憔悴，没了底气，昔日枝繁叶茂的桃树现在倒好，早已枝残叶枯。又一个春天即将逝去，九间花园已不再是落英缤纷，花红满地，往常的景象只能在梦中去追寻，在记忆中去回忆。九间花园是儿时最快乐的地方。

曾经为九间老宅写了一首《九间别院雅韵》七言诗："枝头梅朵碧沈愁，绿蕊新芽素簟秋。清韵丽姿闲野趣，无边光景对云楼。"

九间花园别是一番景象。如今梅花树早已经不见，只有杂草、绿苔。九间花园有一道砖石砌成的墙，墙体古朴、青砖绿草，墙的正中间有一面砖雕的彩塑屏风，屏风两边镌刻着一副红底黑字楷书书体阳刻的对联："满园花香呈翰墨，三春鸟语话文章。"只见字体端庄，笔笔见趣，有唐代大书法家颜真卿楷书的神韵儿。九间花园，曲径通幽，彩蝶翩翩。记得儿时，每当春天来临之际，春色迎面，花窗隐隐，鸟语盈盈；倚门修竹，伴石兰草。九间花园已是绿意盎然，万紫千红、花事旖旎，比别的地方更显可爱。可爱的就是有一片种着各种各样的花草树木。春风入园，草木着绿，一草一景，阳光点点洒在林子中间，像是万颗珍珠闪闪耀眼可爱，恰似一幅春韵意趣图。

特别是在春雨淅沥的夜晚，从隐隐约约的灯光里，潇潇洒洒地飘旋着春雨带来春的气息。"飒飒"听，那是春的声音。窗外，雨夜里，那一窗芭蕉吟唱，吟唱着"丝丝祖宅情，悠悠九间梦"。独步在青砖小径，凝视镂雕的花窗，犹如进入时间的隧道，这花窗的镂雕上仿佛镌刻着儿时的嬉戏、儿时的欢笑。目光绕过深邃的小巷，仿佛又进入一段儿时的故事，那故事场景映入眼帘，回旋在空中，我的眼神注视在那里很久很久……这片刻，只想静静地从心里回味追忆童年时的那些趣事。儿时，花间树下，墙角楼阁，到处留着懵懂时的欢笑。

梨花早已在枝头花枝招展，阵阵微风中散发着淡淡清香，梨花花瓣在微风中不时零散地飘落着，犹如花雨。年少懵懂的我常常会捡起飘落的花瓣，小心地捧着，只想把花瓣留着，不想让它消失。

今年的清明，我又一次踏进九间花园，园中砖石屏风一角的砖头撒落满地，依然保存着的屏风，冬天过后，屏风上的枯草依然变得郁郁葱葱。两边对联的字迹均已脱落，颇为难辨。原来的横额上的"凝香"二字，更是没有留一点痕迹，仿佛从来就没有过。昔日，花香满园，到处都能见到春天给九间花园带来绿意葱葱，一片花事。可今天什么都没有，什么都没有留下，只有那满园的荒草在诉说着九间花园的沧桑和时代变迁。梨树早已不见踪影，枯萎得彻底，彻底得连树根也找不到，更不要说开满树枝的梨花。像那样的满树冰花，风一吹来，满树梨花，粉嫩花瓣，缤纷潇洒，飘落满地。这种美妙景象，也只能在梦中所见，在记忆中想象。

祖母在世时时常说，九间花园的兰草是最多的，都是名品，都是好的兰草。这些兰草都是曾祖父的好友夏承焘特地从杭州托人移植过来的，费力至极。祖母回忆，先高祖父很是喜欢兰花，每每花开，先高祖父总会约上好友对花品茶，弹琴赋诗吟唱。祖上墓碑上也镌刻着"茁兰芽"三个字，寓意后世子孙如兰开枝散叶、枝繁叶茂。九间花园的兰草是有情感的，陶盆碧叶，素心玉瓣，是故人的一片心，一片"素心"。

每到兰草开花时，在修长的绿叶中耸立着洁白的花蕊，不时发出阵阵幽香，让人心迷。只要春天到来，那兰草丝毫不敢怠慢地开放在九间花园，静静地将花香飘满整个花园。现在，摆放兰草的石墩石凳已经不见，摆放兰草的那块地变成一个个"腌塘"（腌塘就是人工砌成的一个方坑，用来腌竹子，竹子则是用来造纸）。多风雅的一个花园，如今，却闻不到一丝花的香味，更听不到祖母的呼唤声。

咦！那迷人心醉的花香呢？久久不能闻到。

春来的季节，九间花园原本是万紫千红、花香满径、一片锦绣，如今却是荒草满园、一片荒芜。昔日的一派景象难道真是梦境吗？满枝繁花，满园花香，今后还会重现吗？我自问着。

　　呵！往日繁华不再有。九间花园无限相思，九间花园的那些花花草草都随着记忆深埋在心底。

　　最后，以这首《忆九间祖宅》作为此文结束：

　　满院清香扑鼻来，素梅逸灿独萦开。

　　残垣断壁心伤碎，融作花泥作钓台。

2022 年 9 月 7 日星期三誊稿

风吹藜蒿满店香

——记一家江西小炒

在瓯江路东向中梁首府南门一楼地下停车库左边，有一家"江西小炒"饭摊。

饭摊不大，各色菜品一应俱全，大致分为荤菜和素菜。素菜也就是时令蔬菜：茄子、番茄、蒲瓜、黄瓜和苦瓜等；荤菜也差不多除了肉类就是鱼类。菜品与其他饭店一样都是大同小异，不外乎素菜和荤菜，也都是硬菜，只是烧菜方式不同。

店里广告牌上写着"色香味俱全""经济又实惠"。这就是小店的文化。小饭店也有小饭店的文化，看来处处用文化，处处要文化。这里的"文化"不涉猎文史哲，只是说一般的对知识的认同。一般人进去吃一顿饭在意的是价格，在这个小店吃饭就不要担心价格的问题，"经济实惠"已经解决价格问题。价格问题解决了，再解决好吃的问题——"色香味俱全"。好吃的也解决，你还担心什么？你不必担心，只管点餐就好，管你吃饱还吃好，出门在外都不容易。小店老板多么有智慧，简单几个字就解答了客人顾虑，饭店老板实属不易。

饭店掌厨的是一位个子不高偏瘦的小伙子，大概 40 出头。一边收拾碗筷一边招呼客人坐下的则是一位胖嘟嘟的妇女，是这家店的女老板。他们是夫妻，同甘共苦开了这家小饭摊，共同经营、共同生活。这家小饭摊也是夫妻生活主要经济来源之一。他们夫妻俩，丈夫掌厨，妻子则是充当点菜员，又是收银员和服务员，全店残羹剩饭、筷碗盆碟，都是其妻子收拾，不聘请其他服务员。我看着这位妇女忙里忙外，又要点菜切菜，又要收银招呼客人，我打趣说："你可以叫一位服务员来帮忙。""小店不大，自己也忙得过来，也节省了聘请服务员的工资，毕竟聘请服务员这笔工资也不少。"饭摊的妇女说。

多么朴实的语言。这饭摊比较小，自己能做的事就自己去做，不用花钱雇人，这种朴实也是勤劳致富的一种精神。

暑假，每周二下午都要在中梁首府这边带班，给这边的小学中高段学生上书法课，所以中餐只能在这家"江西小炒"的饭摊解决。因为附近没有饭摊，只有这一家。我是素食者，喜欢素食，这家素菜也不错，符合我的口味。我在南昌吃过地道的江西菜，没想到在温州也能吃到江西菜，这是改革开放后新时代的一大便利，在温州都能吃到全国各地特色名吃小菜。在"江西小炒"饭摊点几样江西风味的藜蒿炒腊肉和井冈竹笋炒鸡蛋，既合口味又经济实惠。

风吹藜蒿满店香。来这家"江西小炒"吃饭的都是中梁首府周边工地的农民工，来一碟小菜、一瓶啤酒，解渴也缓解了工作后的疲劳。在中午，这家"江西小炒"饭摊基本客满为患，多人相互挤在一张桌子用餐，虽然有 7 张桌子，也不够农民工同时间用餐。农民工也实在，说是挤挤也开心。反正是吃一顿饭，不计较环境有多好。我看着这些农民工，个个积极乐观，对生活是这么单纯。简单用餐，积极做工，这就是一种散淡适逸的生活，生活何须仪式。

在温州或在祖国其他地区，像"江西小炒"这种经营模式比比皆是，小店基本都是这样，夫妻开个小店，共同经营，勤劳打理。

富裕的生活来自夫妻彼此相爱，你中有我，我中有你，相互信任理解对方。像这家"江西小炒""夫妻搭配"，你炒菜，我洗碗，配合默契和谐，这难道不是为夫妻关系长久建立的吗？

这也是维持生活与情感深交持续的一种重要方式。难道不是吗？

2022 年 8 月 9 日于瓯江之畔中梁首府

恰遇中秋佳节至

今日中秋逢佳节，一轮秋影正当时。岁在壬寅八月十五日，迎瓯江之清风，游泽雅之山水。度中秋，叙风情，赏心乐事耳。

月到中秋格外圆。中秋节是我国四大法定传统节日（春节、清明节、端午节、中秋节）之一。

今天还是我国第38个"教师节"。双节重叠确实难得一遇，三尺讲台，明月清风，中秋双节，乐事欢心。真值得祝贺一番。我便伏案作文，特别记住这美好的一天。

一大早醒来打开手机微信，收到各位老师和朋友温馨的祝福短信与贺卡图片，现我抄录几条，以敬万般感谢：

潘一刚老师发来短信说："明月秋空时，又是一年佳期至。祝您中秋快乐，身体健康，幸福美满！"

滁州戴武老师微信图片："中秋节快乐！阖家平安、吉祥顺意、健康快乐！"

重庆戴文老师说："月是中秋明，情是中秋浓！"

东营燕景广师兄祝词说："中秋愉快！"

谷松章老师说："恭祝中秋愉快，万事如意！"

　　满满的祝福统统收下啦，感谢大家的祝福。同时还收到中国民主同盟瓯海区基层委员会寄来的教师节贺信表示节日的祝贺和慰问，感谢组织对我的慰问和关怀。节日的问候寓意温馨美好，传统节日都是对古老文化的承续，节日中饱含着的都是深情满怀的祝愿：祝愿家庭和谐美满，幸福安康。

　　早上与内子晓丹携长子可豪、次子寒涵一路驱车去泽雅看望家父。我特地让两个孩子拎着礼物去问候他们的爷爷，我们一同聊天，共度美好的中秋佳节。往年中秋节都是预订酒店一桌家宴与家人一起小聚，大家团圆一下，小酌几杯畅谈心怀。今年就简单地问候一下，也没有邀请家人聚餐，就与内子煮茶相品，三五个月饼，一壶安徽友人赠送的碧螺春，泡着清茶，听着"小爱同学"播放的《阳关三叠》，一边品茗，一边听着优美的古琴曲，实为乐事耳。对节日的简单并不是说忽略传统节日内涵，我们只是在节日的时刻，有更多时间进行对内心的思考，想给内心有更多的"休息"。品茶、抚琴、读书、练书法、刻图章，都是我个人的意愿所求、爱好所致，此刻也便给自己一座安静的花园吧。远离喧嚣，暂时避得一清静，真是乐哉。

　　中秋月圆。中秋节源自上古先民对月亮的崇拜，从而演变为民间的习俗"祭月"，后初普及于汉代、成熟于唐代、盛行于宋朝，行至明清，代代相传，流传至今。中秋节是秋季时令习俗的综合，自古就有赏月、吃月饼、赏花灯、赏桂花、品桂花酒等民间习俗，在祖国各地风情习俗大致相同。

　　过去，我家祖上除了年终岁末举行祭祖仪式，特别在中秋节这一天，也都要在中堂摆祭来祭祀祖宗。中秋节意义非凡，民间戏曲还都在延续演绎中秋节的文化传统，从小看过的小人书《貂蝉拜月》，也和传统文化及月亮有关，看貂蝉手拿三支清香，顶礼虔诚礼拜。这是戴敦邦先生描绘貂蝉拜月的一个形象，神态逼真，将貂蝉这一动态永久地留在了画面。

中秋节或被称为"小团圆"的日子。在古代，出门在外的游子，中秋佳节不能及时回来与家人团聚，只能通过诗词或书信寄件方式表达对家人的思念。虽说现在交通发达，交流信息普遍，回家过节的热情依然牵动着许多游子的心，早上还在北京工作，下午就在温州家里和家人一起团聚了。在今天，新时代发展带来交通的便利，往往即刻就到目的地。不管天南地北，节假日都能随时回家和家人团聚。

当代人随着新生活的改变，许多观念也发生了改变，但对传统的中秋节，依然是"每逢佳节倍思亲"，佳节依旧亲切，佳节依旧怀念。或是登高远望，或是车厢途中，心里总有一种迫切感："借问同舟客，何时到永嘉。"思乡、想念家乡的情怀始终不变。生活经历中，虽没有"明月出天山，苍茫云海间"的豪迈气概，但内心依旧还会默默地祈祷"但愿人长久，千里共婵娟"。虽此句表达的意境真实是一种短暂相聚即离的淡淡忧伤之感，但期盼祝福美好、长久相聚、永不离别，是众所愿望的。

一轮秋影正当时，恰遇中秋双节至。

2022 年 9 月 10 日星期六中秋节、教师节于瓯江之畔

房东的女儿苏云

　　生活的窘迫，往往会让人绞尽脑汁，寻求谋生之路，现实中可能又不是很容易找到令你心仪的工作，人对工作的向往，往往也是对提高生活质量的向往。

　　1983 年，我的父亲为了谋生，经我的伯伯介绍在温州市区做工，租在百里西路双桂巷一间低矮的平房里，房间不大，一张床铺，一张小桌子，一个煤球炉。房东三代同堂，和睦同居，其乐融融。女房东从事皮革"划料"工作，房东有三个孩子：一个是儿子，两个是女儿，二女儿叫苏云。

　　我认识苏云的时候她正在读初中一年级，我们年龄相差不大。苏云可爱，她会折"千纸鹤"，不时会把千纸鹤送给我当礼物。记得她初中毕业时还赠送我一张她的个人写真照片，我至今还保留着那张照片。她不会嫌弃我是乡下人，乐意和我交朋友。我盼望着放暑假，平时我们不能见到，只有在放暑假的时候，才能见面。

　　我生活在乡下，要从源口乘坐公交。当时的公交没有现在的公交宽敞，公交车上很挤，我为了抢位子，第一个坐在售票员的位子，等我坐好，售票员上来，我莫名其妙地被叫了起来。别人都有座位，我只能一个人孤零零地站在车子后面的一角，一路颠簸到广化桥下车，再从教场新路步行到大桥头西门大街转弯至双桂巷。父亲有时不在家，我就要在房东家里等父亲回来。我蜷缩在门的一边，疲倦时不知不觉睡着了。父亲回来才叫醒我。

我和苏云是学习的伙伴，她数学比我好，我语文略胜她一筹，她语文不懂都会来问我。一次，一篇阅读的文章，题目是说："关联词在本文中的作用，再请仿写一句。"她说不知道怎么做。她不知道的语文作业来问我，我也有求于她。数学是我的弱项，什么解方程，什么函数，我被这些数学名词搞得一头雾水，那时候真的不懂。还好，苏云比我懂，请教数学问题，这是我找她的最好理由。

暑假便是我们很开心的日子。一次我们结伴去中山公园玩，一路绕了多少个弯走了多少条路已经是不记得，只觉得中山公园很远，我们一路步行到中山公园。进中山公园是要买门票的，我们都没带钱，只好从一个角落钻了进去。幸好那时没有监控，使得我们可以欣赏一番公园美景。

据说中山公园的亭子假山是有来头的，我现在才知道，这些假山、老亭建筑的材料都来自曾家私人花园。曾家当时在温州是大户，这些亭子都是原拆原建复原的古建筑。原来父亲也带我来过中山公园，在老的亭子边上我和弟弟还一起拍了一张照片，这应该是我人生第一次照相吧，算是在中山公园美好的回忆。最美好的回忆就是和苏云一次不买门票从一个角落进来的经历，那时候的幼稚，现在想来也不是滋味。在城市她熟路，我们到公园边上，她说："来，现在没有人。""我们从这边可以去公园。"我们一个小遛身就进了公园的一个旮旯。在公园最喜欢的就是趴在那头"马"的身体上。那头水泥雕塑的马现在还在，那水泥雕塑马还在，还依旧，只是再去上马背的人已是两鬓斑白，时光不待，匆匆而去，怎奈？

苏云语文学习进步不少，后来她吃饭前先读一篇古文，将刘禹锡的《陋室铭》背得滚瓜烂熟。我也试着背一下："山不在高，有仙则名。水不在深，有龙则灵。斯是陋室，惟吾德馨。苔痕上阶绿，草色入帘青。谈笑有鸿儒，往来无白丁。可以调素琴，阅金经。无丝竹之乱耳，无案牍之劳形。南阳诸葛庐，西蜀孔云亭。孔子云：何陋之有？"她也随口一句："公园游之，可否？"《木兰诗》《归去来兮辞》很多古文我们都会熟背。

记忆这个东西啊好比空中园林，可以想但怎么也摸不着，有的想忘记它吧，它却时常萦绕在你的脑海里，记忆这个东西还真是比蜜甘甜，能让你回忆美好。

房东的女儿苏云聪慧。

2022 年 9 月 9 日星期五中秋节前一天

大桥头的一抹记忆

　　过去温州西门大桥头有一家包子店。包子店比较大，应该是一家国营单位，里面摆了十几张小方桌，每个早晨都坐满吃包子的人。

　　大桥头比较热闹，各种食品铺子也都集聚在马路两旁，人多的时候，拉板车的人就大声叫着："人留心，板车。"就是板车要过来了，大家让路一下，好像板车也很时尚似的。那个时候城管还没这么严格，马路两旁的店铺随便大家怎么摆放，没有规律。

　　这家国营包子店生意像是小南门埠头的船只络绎不绝，除了卖包子的，还有卖油条和咸菜大饼，油条挺大，鼓鼓的。这家包子店算是在大桥头最出名的，大家都觉得这家包子好吃，有时还要排队买包子。主要原因是大桥头包子店的包子个大馅料丰富，我在双桂巷住，早晨都会去大桥头包子店买包子。爸爸怕我吃不饱，每次都给我买三个肉包、一根酥脆的大油条。1983年的时候，早餐店不像今天的早餐店这样丰富，有豆浆、牛奶、茶叶蛋、煎包、糯米饭和各种饮料什么的，那时大桥头包子店只有肉包和油条，比较单调的两种食物，没有其他可选择的。

离大桥头不远就是西门大街，西门大街就是一个菜市场，早上也都是摆满瓜果蔬菜的摊位。记得我同村的一个阿姨就在那里开了一个杂货店，她膝下没有儿女，就夫妻俩守护着这个小店。小店进去通往厨房的路很窄，一人侧着身才能通过，我的个子小偏瘦，不用侧身，只管进去。中午很热，阿姨家比较凉快，我经常去他们家玩。阿姨也客气，卖不完的橘子都会给我当零食，还经常给我豌豆子，豌豆子好吃，我一次吃着豌豆子还磕破了一个牙齿。

穿梭在西门大街，阔步在大桥头，经过月湖头沿着河边一路走过去，那里停靠着许多装卸煤球的船只。煤球来自西门国营煤球厂，煤球用板车拉到月湖头临时码头。那其实不是码头，是那些船老大看哪里船只方便靠岸就随意停放的一个地方，方便拉煤球的工人装卸货物就好。那些船只来自潘桥或者是茶山，船老大们一路沿着河道也随时靠岸卖煤球。以前的厨房烧菜都用煤球，煤球是主要燃料。随着时代发展不断更新，厨房不再用煤球，现在厨房烧菜大家都用天然气。

往事总是留在记忆深处，随着时间的流逝记忆也越来越弥足珍贵，时间虽然会抹杀岁月的痕迹，但记忆永远都抹杀不了。

漫步在西门大桥头，温馨的画面时入我的脑海。一位卖韭菜的阿姨，很面善，我每次经过大桥头她的摊位时，都会给我一把韭菜说，韭菜可以炒蛋吃。不知怎么着，到处都会遇到别人的帮助，现在想起还真的谢谢这位赠送韭菜的阿姨。大桥头有我的记忆，大桥头有我要吃的包子，想着，梦里还想着。

随着老城拆迁改建，如今西门大桥头这个地名也消失在了岁月的时光中，留下的只是那一抹的记忆罢了。

2022 年 9 月 8 日星期四

chapter

03

怀旧空吟闻笛赋

笛声悠扬，声去音犹存，
音律间激起许多怀念。

曾祖父与夏承焘

曾祖父周渭夫（1895~1952），初名金镛，字梦熊，号渭夫，以号行，永嘉（今属瓯海泽雅周岙）人。温州民盟创始人之一。早年肄业于浙江第十中学，1922年留学日本明治大学，攻读法学。

夏承焘（1900~1986），字瞿禅，晚年号瞿髯，浙江温州人。中国民主同盟盟员，著名词学家、教育家，是一代词学宗师。

曾祖父与夏承焘交往甚密，两人不但是挚友，还是亲戚（连襟），即曾祖父的妻子与夏承焘的妻子是两姐妹，都是游止水的妹妹。他们志趣相投，为革命事业热心组织民盟盟务工作，传达民盟中央"业务"即民盟中央给地方组织的发展民盟盟员的任务，具体要求在浙南秘密发展民盟盟员。

1932年春，曾祖父和夏承焘从杭州回到温州看望在温州的文人学者。曾祖父早一天已经从杭州回来。正值梅冷生的先母去世，夏承焘在日记中记载："1932年3月5日星期四，古历（正月十七日）晴，午后访仲陶不值。访冷生，唁其丧母。谈彊村先生身后。访周渭夫于吉士坊巷11号。渭夫夫妇劝予借居其家，以岳家鸣石婚后房室甚挤也。"曾祖父住在温州吉士坊巷 11 号，就是现在的马宅巷 5 号。曾祖父特地空出一间房间给夏承焘夫妇居住。夏承焘在 1932 年正月十八日记载："今日移寓起吉士坊巷十一号渭夫家，甚洁净，可读书。"1946 年之后，曾祖父在温州市区的两间半屋子经常有"业务员来洽谈业务"。业务员就是盟员，每一月都组织盟员开会或社交等活动。誊写文书都是夏承焘来完成，夏承焘的书法当时被誉为浙南一支笔。祖母说，过年的春联都是夏先生写的。夏承焘有一个习惯，过年必须要回温州。夏承焘也都会带礼物给我的曾祖父。夏承焘自己生活很是朴素。

1932 年 6 月，夏承焘从湖州将特制的湖州毛笔"湖笔"托人送给我的曾祖父，曾祖父欣喜万分。听祖母说，不管夏先生送什么给曾祖父，曾祖父总是高兴不已，他们约在一起偶尔会小酌几杯。同年，夏承焘应曾祖父邀请去泽雅周岙看望先高祖母，在院里拍了一张全家福照片。祖母回忆说，夏先生话语不多，也不跟人争吵，有爱心，时常会把自己的外套给别人穿，游夫人时常问他：外套又"交公"啦？游夫人就是我曾祖母的姐姐。

1934 年 2 月，夏承焘的日记中提到曾祖父应仇岳希邀请去绥远教育厅任职。曾祖父一大早就去夏承焘寓所，向夏承焘告别并交代捐资筹建学校的事情，之后就匆匆离开温州远赴绥远任职。"1934 年 2 月 27 日，晴，早渭夫来，渭不日赴绥远教育厅友人仇鹤（岳）希之约，约三世兄也。"曾祖父在绥远任职期间多次举办爱国人士培训班。曾祖父在绥远任教育厅秘书一年多时间，1936 年因工作需要，仇岳希受组织委托安排曾祖父重新回到温州，任永嘉县教育局巡视员。

1937 年国共两党关系破裂，白色恐怖笼罩整个中国。1941 年之后，国民党将民盟列入黑名单，认定民盟是非法组织，国民党到处肆意抓捕关押拘禁爱国仁人志士。正义永远有胜利的筹算，国民党的阴谋终究会失败。1946 年 2 月，曾祖父同叶显文、游止水、刘焯、董辛名在温州成立民主同盟永嘉五人小组。在中国民主同盟成立初期，曾祖父在解委会（中华民族解放行动委员会"交叉民盟"），办公地点就在市区曾祖父家中。1946 年内战爆发，许多爱国政团受到要挟，曾祖父在恶劣的环境下以生意人的身份掩饰自己，保持与民盟中央秘密联系，用密语以进货的方式给组织写信，向民盟中央报告地方情况，表示"一切安好"，请组织不要担心。

1946 年 5 月，夏承焘在仇岳希和曾祖父的介绍下加入中国民主同盟。1947 年 8 月 20 日，仇岳希代表民盟中央给温州地方组织民盟"永嘉五人小组"写信。当时，由董梅戡在上海向仇岳希反映民盟温州地方组织在地方活动中有声有色，仇岳希在信中说："诸公热心公益，殊可钦佩。"这里的"公益"就是捐资筹办学校等公益事业。曾祖父热心公益这一善举得到夏承焘的支持，学生需要图书，夏承焘也都从杭州带来。夏承焘在日记中记载送曾祖父去绥远的一件事："1943 年 3 月 1 日晴，渭夫今日首塗赴绥远，早九时携柑、枣赴火车（站）送之，不值。晚以电询约三，方知以夜车行。"

民盟永嘉五人小组中，曾祖父口才比较出色，能流利说一口日语。1930 年，曾祖父在杭州教书并认识曾祖母，他们俩一见如故。曾祖母也是夏承焘的学生。曾祖父在杭州教书期间和夏承焘交往密切，请教或交流学术上的事。曾祖父能写一手好毛笔字，从照片上的题字"民国壬申（1932）夏予偕内子式昭同侍家慈留影纪念"寥寥数语，亦可以看出曾祖父书法的功底。曾祖父与夏承焘的书法互相受影响。曾祖父与夏承焘不但是连襟，也是挚友，是工作的伙伴。

曾祖父与夏承焘，夏亦依然，追思其间。

我的曾祖父周渭夫

曾祖父周渭夫（1895～1952），初名金锵，字梦熊，号渭夫，以号行，永嘉（今属瓯海泽雅周岙中村）人。中国民主同盟盟员（民盟永嘉五人小组创始人之一）。

1895年曾祖父出生于瓯海泽雅周岙中村一个乡绅家庭，祖上家业丰殷，九代未曾穿过蓑衣，祖上周秀峰墓碑上记载"四世彩服翩翩"。曾祖父在先高祖的支持与鼓励下远渡东瀛，留学日本明治大学，攻读法学。在日本留学期间，全部供应都靠先高祖丰实的家业支持。先高祖当时的产业极为庞大，光是在梧田慈湖就有良田千余亩。

1925年7月，谷寅侯（谷旸，号寅侯）脱离教会学校，打算在九山河畔筹集资金创办一所属于人民的学校。曾祖父在日本托友人带本票给谷寅侯先生，资助谷寅侯创建瓯海公学（现温州第四中学）。曾祖父多次给民盟中央写信汇报情况，在所写的信中，他简明扼要地汇报了自己回国后的任职经历：1932年在永嘉加入国民党，1934年2月任绥远省教育厅秘书，1936年返温任永嘉县教育局巡视员、三溪区国民党区分部书记、天源乡乡长、永嘉县参议员、永嘉地政处分主任等职，也曾担任国民革命军军部秘书等要职。

曾祖父和夏承焘交往甚密，两人不但是挚友，还是亲戚（连襟），即曾祖父的妻子与夏承焘的妻子是两姐妹，都是游止水的妹妹。他们志趣相投，为革命事业热心组织民盟的秘密工作，传达民盟中央的"业务"，即民盟中央给地方组织的发展民盟盟员的任务，具体要求在浙南发展民盟盟员。他曾在给浙江民盟重要创始人之一、乐清大荆人仇岳希的一封信中写到"所交业务均已办妥"。这是用密语写的，原件现藏在温州市档案馆。

夏承焘先生在 1931 年（正月十七日）的日记这样写道："午后访仲陶（陈仲陶）不值。访冷生（梅冷生），唁其丧母，谈彊村先生身后。访周渭夫于吉士坊巷十一号。渭夫夫妇劝予借居其家，以岳家鸣石婚后房室甚挤也。"在夏承焘现在能查到的日记中，写曾祖父的日记达 150 多篇。1933 年 11 月 2 日，曾祖父在杭州任职期间与夏承焘、约三、徐文境及慧空和尚相约六合塔，听慧空和尚抚琴。慧空和尚的《空山忆古》《平沙落雁》《关山月》三曲，博得在场文人的赞赏和喜欢。这是文人之间的风雅之事。1946 年 2 月，仇岳希受民盟中央委托在浙南地区发展民盟组织。曾祖父（周渭夫）同叶显文、游止水、刘焯、董辛名在温州成立民主同盟永嘉五人小组，开展爱国主义宣传教育活动。曾祖父在温州市区马宅巷 5 号自己的宅院里经常组织民盟的活动，秘密地宣传民盟文件，要求地方组织执行任务，传达民盟中央文件的精神。

曾祖父一生极为慷慨，经常救济贫困百姓，对于志同道合者更是解囊相助。著名温籍戏剧家董每戡当时在中山大学执教，虽有一份固定的工作，但生活的支出上压力重重，更遑论筹资出版书籍。曾祖父多次通过董辛名寄钱给董每戡先生，关照其生活，并赞助董每戡先生出版书籍。

1949 年 4 月底，中共浙南游击纵队集结驻扎在周岙，为解放温州做好准备。曾祖父为了配合浙南游击纵队，四处征集粮食。鼓励劝导周岙的四大乡绅周文斌、周步增、周岩川、周陈郎等大户人家捐献粮食。曾祖父更多次鼓动内侄周文斌将自己家的 4500 石粮食捐献给当时驻扎在周岙的浙南游击纵队，供其 4300 余人食用。

1949 年 5 月 6 日夜，浙南游击纵队离开周岙。1949 年 5 月 7 日，温州城和平解放，到处洋溢着胜利的欢呼声。当时，朋友劝曾祖父去台湾，说是能享受荣华富贵。曾祖父婉言拒绝，坦言自己有功无过，不愿意离开自己所爱的祖国，愿留在祖国大陆为建设新中国尽自己的绵薄之力。1952 年 5 月，因故，曾祖父永远离开了他所深爱的祖国与亲人，终年 57 岁。

泽雅山花烂漫，梅溪碧水长流，周岙梅溪之畔孕育了这样一位民盟先贤，值得怀念。

本文原载《温州日报·文化周刊》2022 年 7 月 6 日

桐乡丰子恺　妙笔写春秋

——访丰子恺故居

　　桐乡石门，丰子恺故居。丰子恺（1898～1975），近代漫画家、散文家，民国时期风云人物，师从李叔同（弘一）。

　　对丰子恺先生的了解是读初一的时候，在美术杂志上看到丰子恺先生的漫画作品《蚂蚁搬家》中，有一位孩子在摆着小凳子，沿着蚂蚁爬过的痕迹依次摆了四把小方凳子，手里还拿着一把小方凳子，准备要接龙在第四把小方凳子之后。丰子恺的漫画色彩明快，童真十足，趣味横生，我从小就被他的漫画深深吸引。

　　这回有缘造访丰子恺故居，得益于区委统战部活动安排。2019年10月14日，瓯海区党外人士培训班在浙江嘉兴学院举办，由于课程安排，其中有一天是参观红色爱国主义教育基地现场实地教学活动，刚好来到桐乡石门，有幸参观丰子恺故居，瞻仰先生铜座像。我甚是喜欢读丰子恺的散文，也关注过有关缘缘堂的文章，对缘缘堂发生的故事更是悲悯同情也有怀恨，怀恨日寇侵犯我之国土、涂我之生灵、毁我之家园。这次亲历缘缘堂故址，实属某种缘分吧！

1938 年丰子恺先生说："6 年前（1933 年），我在故乡浙江石门湾盖造一所房子，名叫缘缘堂。""我从杜甫诗里窃取两句，自写对联，裱好挂在堂前。联曰：暂止飞乌才数子，频来语燕定新巢。"说自己从杜甫诗中选取一句成为缘缘堂的对联。这联语说的是杜甫在草堂落成后，乌鸦来飞翔盘绕，燕子来筑巢，多美好的时光。1937 年抗日战争全面爆发的年代，哪里还可以有容身之所！原本多好的缘缘堂，像燕子筑巢之后可以栖身、可以安居、可以寄托情感之所，在日寇凶残猛烈的炮火下化为灰烬。

丰子恺先生在《缘缘堂随笔集》中有一篇文章写"辞缘缘堂"，先生说："民国二十六年十一月（1937 年 11 月）下旬，寇（指日寇）以迂回战突犯我故乡石门湾，我不及预防，仓促辞缘缘堂。"一路避难至桂林。从石门到广西桂林千山万水，在炮火纷飞、硝烟弥漫的日子，谁能受得了拖家带口，长途跋涉，还要躲避日寇轰炸，一路上何等不易。

在丰子恺故居，还能见到当年（1937 年）被日寇炸毁的门板，火烧乌黑残迹斑斑，这门板经历的是一段悲悯的故事，也便是日寇轰炸缘缘堂的实物佐证。

有缘于石门湾，有缘于缘缘堂。

2022 年 9 月 2 日星期五草稿

注：缘缘堂建于 1933 年，毁于 1937 年，现已修复。

忆苏渊雷先生

苏渊雷是平阳（现属苍南）人。

初识苏渊雷先生是在 1992 年的一个夏天，在蔡心谷老先生的寓所。一见苏老先生，个子清瘦两眼炯炯有神，精力旺盛。我对苏老先生的文学、书画、诗词修养很是崇拜的。

在这之前经常听温州市著名书法家、温州市书法家协会创始人之一的温奕辉先生说起苏老先生的文学与禅学非常渊博，且精通古典诗词研究。早年就听说"平阳三苏"（即苏步青、苏渊雷、苏昧朔）。苏昧朔是民国时期画人物画最出名的，他笔下的乞丐确是如经岁月沧桑、饱受煎熬，期待美好生活的眼神刻画得最为极致。曾在温州博物馆看过苏昧朔的人物画。平阳三苏个个声名显赫，才学卓著。苏步青先生则是伟大的数学家，也是温州人的骄傲。苏渊雷先生是诗、书、画及文、史、哲精通的全才，他笔下的梅、兰、竹、菊，确有君子之风，梅傲骨，兰飘逸，菊花不畏严寒，竹子潇洒清风徐来。苏老先生的书法书卷气浓厚，洋洋洒洒，落笔灵动，字里行间充满着一股仙气。

在蔡老先生寓所我已经目睹苏老先生的作画风采，他拿起笔就画速度极快。他喜欢画"文人画",他的画有一种清逸潇洒之感。他喜欢用浓墨画竹叶,用淡墨画菊花花瓣。苏老说:"作画'空'与'淡'都会让人有空灵感,空灵就是境界,浓墨厚重。""我喜欢用最少的笔墨述说最丰富的内容。"据说苏老先生作画从不与人言语,而在蔡老先生寓所,苏老先生却都言语,一直在表达。我像是一年级小学生初入教室聆听老师的教导般,听得入神,看得着迷。看苏老先生作画时神态自若,用笔从容,大意处却有精细之笔,我从内心惊叹不已。苏老先生说:"我是用草书的笔法画菊花花瓣,画画或写字不要犹豫","墨在笔下就是精神",等等,多么经典富有哲理的话。从苏老先生的用笔和谈吐间,隐约感觉到智慧的力量,感觉到文学的力量。苏老先生的言谈像吸铁石般深深地吸引着我,这就是苏老先生文史哲与禅学的魅力。

初识苏老先生也是缘分。我2019年自加入中国民主同盟以后,才知道苏老先生也是民盟盟员。原来大名鼎鼎的苏老先生跟我是一个党派,何等荣幸。

早年苏老先生加入中国共产党,年轻时,曾与江心寺木鱼方丈共同参与救国运动。1927年,在那个白色恐怖的时代,民主人士纷纷加入爱国行列,作为中国民主同盟先贤,苏老先生历经磨难,更是满腔热血参加爱国运动。我特地电话咨询过温奕辉老先生,了解苏老先生早年的一些事,由于温奕辉老先生98岁高龄也不好多打搅。

初识苏老先生之后,曾多次向苏老先生指教过诗词格律变韵问题及方言韵等问题,苏老先生都细心解答。关于苏老先生的点滴只能就这些。作为中国民主同盟后辈,应该继承和发扬中国民主同盟先贤的优良美德，切实在实际工作中履职尽责，积极工作，发挥好自身优势，多为社会、国家尽自己绵薄之力。怀念苏老先生，为中国民主同盟有苏老先生这样爱国多才、优秀博学的先贤点赞。可惜苏老先生已作古，但先生的艺术著作将永远存留在人世间。

先生之风山高水长，吾辈景仰。

忆蔡心谷先生二三事

我是 1990 年春节随叶润周师公去蔡老先生家拜年才认识蔡老先生的，之后一有时间经常去看望蔡老先生。

一

1993 年秋天，我去蔡心谷家帮忙打扫卫生，整理书册。蔡老先生说："你今天整理的书给你带些去，好好读，好好看，看了能够多增加点知识，以后考大学。"蔡老先生给我十几本书，其中一本是《千家诗评注》，至今还能想起在蔡老先生家吟诵的情景。

二

有一天，将近中午，蔡老先生就泡了一包方便面，说："这是懒惰面，开水泡了就能吃，方便省时。还有更多的时间去看书写字，多好啊。"蔡老先生是为了节省午餐的时间，用更多的时间来看书来书法创作。对蔡老先生来说，方便面最省时间。何等勤奋的蔡老先生。

三

1992年初夏我去成都学习前，拜访蔡老先生。在蔡老先生寓所，苏渊雷先生正好也应蔡老先生邀请特地从上海来温州在他家做客。

蔡老先生和苏先生是忘年之交，是故交，志同道合。蔡老先生年龄比苏老先生年龄小。苏渊雷先生是文学、禅学大家，两人都对文、史、哲颇有研究，他们在蔡老先生寓所交谈甚欢。两人好烟。我深知苏老先生的文学书画底蕴，羡慕已久，盼望能得到苏老先生的一幅墨宝珍藏。谈话间，我征求蔡老先生意见向苏老先生求一幅墨宝，蔡老先生随即说："就当给小青年鼓励，就一幅小品吧！"在蔡老先生的帮助支持和提议下，苏老先生很高兴地答应，当场提笔作画。苏老先生作画毫不犹豫，出手极快，石头、竹子、菊花组成的丹青水墨《双清图》不一会儿就跃然纸上。

"双清图"是后来落款时，才知道苏老先生画的是一幅水墨双清图，这三个字是用行书的笔意写的。苏老先生故意追问蔡老先生："如何？"意思是"我的字怎样"。蔡老先生嘴角一挪，露出丝丝笑意。蔡老先生对苏老先生说："吃茶、吃茶。"蔡老先生像是书童，苏老先生从蔡老先生手中接过茶，他们俩笑语不断。

这幅画墨韵十足，墨水渲染有度，竹叶伸长有力，意味悠长，看画作既有文学内涵，又富有哲理性。我想这就是文人画的境界所在。我十分感谢苏老先生所赠墨宝和蔡老先生极力推荐，感谢苏老先生能为我这位无名小辈作画，深感意外，也倍感荣

幸。我借着蔡老先生的帮助才能得到苏老先生的墨宝。蔡老先生
这样平易近人，对晚辈的支持与鼓励，使我毕生难忘。

　　窗外，正是菊花黄时，三言两语忆蔡翁。

　　怀念蔡老先生。

2022 年 8 月

怡怡兄弟情

夜无寐，辗转左右。思绪缠绵，想起弟弟。

怡怡兄弟情。儿时一起陪伴我的是弟弟，想念弟弟，怀念的还是弟弟。

在我六七岁时，陪伴我度过童年的是弟弟。记忆中我总是牵着弟弟的手漫步在底宅角的石子路上。

"石子路弯弯，元宝担担。"我和弟弟走在石子路上，手牵着手，唱着："社会主义好，社会主义好，社会主义国家人民地位高……"歌唱了，风来了，雨也来了。我们跑着，我们叫着：

"刮风啦！下雨啦！"

"下雨啦！刮风啦！"

"快快跑啊！快快跑！"我边喊边跑。

我想跑时，弟弟也跑。弟弟没有我跑得快，我在前面跑，他在后面追，他追不上我，停了下来就不想跑，想要我等等他。我停下了脚步，他马上向我跑来。弟弟不小心摔倒了，我在一旁笑了，他又爬起来，继续跑。我也继续跑，我跑不动了，弟弟追了上来，笑呵呵地说："我追上哥哥了。"

　　弟弟对生活充满乐趣，是一个快乐的人，什么事情都会按时完成。弟弟可爱，知道分享，有东西吃，都会想着我。我上学去了，邻居分发的棠梨，都会留一个给我吃。我也爱弟弟，弟弟爱哥哥。想是：

　　我是你哥哥，

　　你是我弟弟。

　　哥哥爱弟弟，

　　弟弟爱哥哥。

　　大的爱小的，

　　小的爱大的。

　　大小都相爱，

　　永远不分开。

　　我和弟弟从小没有母亲的陪伴，我们和爸爸还有祖母一起生活。在我5岁前是曾祖母陪伴我们。我们生活的地方是泽雅纸山，爸爸终日劳作，不见身影，昼夜在纸作坊和水碓里来回忙碌，在水碓里捣刷，在纸作坊捞纸，早上才回来。

　　一天夜里，落雨，大雨惊动屋檐瓦片，只听雨声"嗒嗒""沙沙"作响。我和弟弟在房间里睡觉，早上醒来，房门打不开，房门不知道被谁锁上了。我们在叫啊哭啊，都没有人搭理我们，直到爸爸回来房门才打开。现在想来有点可怕。

　　一次意外，弟弟生命的时钟永远停在了19岁。从此我就没有了弟弟，我和弟弟阴阳相隔。现在只能在心里怀念，怡怡兄弟情，怀念的永远还是弟弟！

　　花儿开，

　　花儿落。

花儿落了，还会再开。

弟弟没了，永远没了。

走啊走，跑啊跑，

跑啊跑，走啊走。

走走跑跑，思念不停留！

人间美莫过于亲情美，割舍不掉的是亲情，人生一辈子亲情最难分离。有亲情就有温暖，有亲情就有家就有爱。怡怡兄弟情，丝丝《秋风词》。

2022 年 9 月 12 日星期一凌晨

忆君君不知

——怀念老彭

老彭，福云也，号云门耳。

彭主席风趣幽默。初识彭主席是在会昌河畔他的寓所，他刚出版《彭福云书法精品选》。我们初次见面很高兴，他就在扉页题字签名，并赠我一册。

老区府迁到娄桥后，区文联的办公室成了我常拜访的地方。彭主席的办公室有一张大桌最适合写字画画，在他办公室，或篆刻或写字或喝茶，我们无所不谈，他也喜欢和我们聊天。他没有官威，我胆子也大，经常在那舞刀弄石或涂画。彭主席对石头从不讲究，有石头他就刻，刻好一方印章，他总是沾沾自喜，对自己的劳动成果很欣慰。他多次和我去青田买石头，他也很乐意为卖石头的老板刻图章，别人求他刻印或书法作品，他从不推却。

2015年3月3日，彭主席造访我在泽雅的9间老宅，拍了几张照片发在微信圈，对我家老宅发一番感慨。下面这段文字就转自云门微信："九间，周建勇祖屋也。今已不复存。唯门台嶂屏杂草之间，半对残联隐隐透出昔日霸气。传老屋九代不穿蓑衣，皆一方财主也。今建勇醉心翰墨，以艺吃饭，亦乐于人生。噫！财者终有散时，唯艺以存身。"

　　彭主席关心我的艺术学习进展，时常问：最近又出去深造啦？最近又去廊坊啦？胡立民的书法研修班就在廊坊，我在胡老师的研修班学习一年多，每一次从廊坊回来，也都会去区文联拜访彭主席。彭主席总有自己的建议与看法，他说，多多学习是好的，注意要有选择，不要盲目。彭主席虽说是瓯海区文联主席和瓯海区统战部副部长，但他没有官架子，对我也是百般的照顾，深知我生活不易，有好事也都给我，照顾我，让我去做。每一次见到他，我都称他为"彭部"。在一次为温州退休老干部篆刻名章时，我也刻了50多方的温州退休老干部的名字章。彭主席说，篆刻润格不高啊，你就当公益去做，我欣然答应，没有理由推却。

　　2017年3月4日，塘河文化公园，落成时他邀请我去参观，说，你来瓯海区府乘坐我的车，带你去，你慢慢地来。塘河文化公园是彭主席负责打造的一个文化休闲公园。让我们瓯海区书法家同仁书写创作的书法作品都刻在石碑上，其中我的书法作品和篆刻也被刻在巨石之上。在塘河文化公园，我看到了我的篆刻作品被刻在一块块巨石上时，内心感动，无比高兴。在塘河文化公园，有篆刻"山阴道上""宇宙之大"等作品，还有命题写明人吴祚诗句"夕阳山色人如画，夜月箫声梦亦仙"，及永嘉四灵之一徐照《题薛景石瓜庐》的诗："何地有瓜庐，平湖四亩余。自锄畦上草，不放手中书。人还来求字，童闲去钓鱼。山民山上住，却羡水边居。"这些诗句在塘河文化公园的巨石与走廊上映入眼帘，是公园的一道风景线。

　　彭主席喜欢帮助别人，从不计较个人得失，与人都友好相处，热衷于公益事业。在区书法家协会送春联进社区活动时，别人要他写字，他总是有求必应。写字他是认真无比，对人也是真诚实在。

　　唯一遗憾的就是和彭主席最后一次相约，是在他疗养期间，他说，哪天身体舒服些，再去青田山口购买石头。而这次相约却成了永远的失约。

2022 年 8 月 25 日山口归

chapter

04

相思都作纷纷句

相思美好无比，愿美好
的相思化作纷飞的祝福
沁入你我心间。

登　山

　　岁在壬寅，金秋时节，天朗风轻，党派活动。国庆节前一天，瓯海区统一战线"喜迎二十大·走好共富路"红色研学暨线上红色登山活动隆重开启。

　　活动时间为下午 2 点 30 分开始，在茶山街道五美园景区停车场集合。我们民盟瓯海支部选的登山路线是五美园—龙王寺水库—红枫古道—石竹村—龙脊山，路线全长约为 4.76 公里，登山难度设定为高级。

　　当天下午 1 点 50 分左右，与同盟员茵子一同乘坐民盟瓯海教育一支部陈光海主委的车，从瓯海区瓯海行政服务中心 10 号楼出发，前往茶山五美园。一路从瓯海大道再至新开通的温瑞高速一直到上蔡村下高速，随导航时间大概用了 30 分钟准点到达茶山五美园景区。

　　我们统一着装，准点出发，一路沿着台阶拾级而上。在五美园边上的登山古道还比较宽敞干净，山路两旁绿树成荫，走在其中宛如进入山阴之道，应接不暇。古道台阶不算很高，一路往上，随着山势的陡坡，有点难走，像是走不动，脚步也慢了些。

走着走着，气喘吁吁，越来越吃力，走到半路就有点体力不支之感，脚不知道是怎么抬起来走上去的，两腿实在是酸软。队员们已经离开我的视线之外，觉得赶不上队员，想半路放弃。但心想，既然报名参加登山活动，就要努力直捣龙王寺水库。半路上，光海主委来电鼓励，不一会儿我就在分叉处与队员们汇合赶上他们。在水库边，已是大汗淋漓，全身都湿透的感觉。终于在龙王寺水库线上打卡成功。

随着队员们一路原本再登红枫古道，领略古道的红枫缤纷色彩。以前听茶山王老师说过，红枫古道有一段叫"老鼠岭"最难走，也很难上去的，心里有点害怕，生怕自己走不动。听说是要爬"老鼠岭"，我有点谈"鼠"色变，不敢再继续往前，就随三位女队员坐车一路弯弯山路直接到达石竹村。

今年来大罗山石竹村和龙脊山已是第二次打卡。上半年同公义、岳敏兄去过一次，一同随行的还有仁爱、雪华女史、晓忠兄。石竹村的农家菜还是第一次品尝。这次我又来到石竹村打卡，同三位队员提前到达石竹村。随后，队员们从红枫古道一路而上也到达石竹村。我们稍作休息，继续向龙脊山最后一个打卡点出发。通往龙脊山，一路是登山实木板道，道路蜿蜒，两旁的树木葱翠，桂花树满山坡都是。站在大罗山的半山腰，回头遥望，云雾青山，两旁绿荫葱葱，满山的风光尽收眼底。往年这个时候去大罗山时，早就闻到桂花香了，茶山民间早有谚语道："八月桂花拦路香。"农历八月，正是欣赏桂花的时候，满山都是金灿灿的桂花，整个空气中都弥漫着桂花的香气，沁人心脾。今年不知怎么不见桂花开，可能和天气有关。庆幸的是，还有一两株零零散散开了花的桂花躲在叶子丛中，偶见一点金色的桂花露出枝头，也有零零散散的白色木槿花开，花香很是吝啬，也都没有往常浓郁的那种清香，只微许闻到弥散在空中那种淡淡的香。

登上龙脊山，站在龙脊山观光台，眺远前方，只见山峦之间雾气弥漫，山忽隐忽现，不知道是云在山上还是山在云上，宛如登上仙境。眼看美景，也忘记一路的疲乏，只知道欣赏眼前的美景，把一切的疲惫都抛之脑后。

登山虽然吃力，但坚持登山一直到最高处，见眼前的风景时，你就会想：之前登山所流出的汗水都是值得，所付出的辛苦也是甘甜。人生亦如登山，对生活的难处一开始觉得很迷茫，或没有目标与方向感，觉得很累很难。千万不要因为短暂的生活苦楚踌躇不前，咬咬牙就过去了，站得高也就看得远，心胸也就开阔，经历过的也就历久弥新，懂得珍惜，才有感悟。"只缘身在最高层"，不登高，看不到远处。登高望远，人生美好，生活亦如此。从高处看问题，往大局着想，不要因小失大，不要因小小的意见不合而闹得格格不入，不欢而散。

一次的登山也是一次对心志的历练，虽觉得辛苦，也欣喜。要想登山不累，平时还要多多锻炼，有时间还要往山上走走。登山观景，风景美好。锻炼身体，登山便是一项美好的体育活动。登山中也会有意外的收获和人生的感悟。

2022 年 10 月 1 日星期六国庆节夜于梅溪书屋

听 戏

"天子重英豪，文章教尔曹。万般皆下品，唯有读书高。"四句开场白道出了饰演者的身份。

过去，要在正月庙会才有机会听戏。我们农村在每年的正月十三前后都会请戏班来搭台唱戏。这些都是村里的"头家"安排的。

平时是没有机会听戏的，除非村里谁家老人做大寿。过去也是有钱人家才有能力请戏班来唱寿戏。随着新时代更替发展，信息快速发达的今天，抖音便能给大家带来听戏之便利，要听戏刷一刷抖音，随时都能听到你所喜欢的曲目。当然，抖音是一个平台，良莠不齐，不可全听。有"抖"自己开心的，有"抖"模仿别人唱腔的，也有版本不正确的在"抖"，总之，抖音也有可听戏的方便之处，但不能完全依赖抖音。

我喜欢听越剧、温州瓯剧和永嘉乱弹。《十八里相送》《孟丽君》《碧玉簪》《黄三衮与林定郎》等曲目选段，久听不厌，百看不烦，甚至也能哼上几句："走啊！路遇大姐得音讯，九里桑园访兰英。行过三里桃花渡，走过六里杏花村。九里桑园面前呈……"（《何文秀·访妻》）选段、词句都能熟唱。"媳妇大娘，侬格（我的）心肝宝贝呀……"在《碧玉簪》剧目中对周宝奎老人饰演"婆婆"的角色印象较为深刻。听戏带来的是愉悦，带来的是对传统文化的认知。

温州是南戏故里，也是瓯剧萌发地。在温州可以欣赏到戏曲里的古音，戏曲里的温州方言。温州永嘉乱弹《碧桃花》或称《洪施秀修行》。洪氏施秀，因父亲被奸臣所害，满门抄斩。后兄妹顺利逃脱在外，被白莲庵师太收留，带发修行。这天云天雾开，花色秀美，白莲庵云房洪氏施秀早课完毕，说道："带发修行实可怜，一盏孤灯伴我眠。光阴似水容易过，误了青春美少年。"四句口白，就是四句诗，道出了洪氏施秀人生无奈，光阴似水，容颜易老，词句带有浓浓的伤感，为人生悲鸣不平。戏曲有时是悲观的，但听着优美的旋律和洪亮的唱腔，无不赞叹戏曲传统文化的魅力。听着接地气的方言唱腔，着实令人欢愉。

温州永嘉乱弹是用方言和普通话之间的一种唱法。一般生旦唱腔夹杂着普通话和方言之间，如"走啊"方言唱，"来到"普通话唱。丑角则是方言唱腔为主。比如《酒佬隆走广东》剧目，演员一出台，就说："天光太阳一点红，少生名叫酒佬隆。酒佬隆，走广东，十只皮箱九只空。"就是用温州方言独白。我喜欢听着："轻舟越过千里路，岸上风光美如图。"词句带你入景入情，跟随着有景有情的词句，让人清新，浮想联翩。戏曲也是虚虚实实，故事情节虽是虚构的，但演绎的过程具有积极的教化意义。

小时候，坐在爸爸的肩膀上看戏，演员头上戴着乌纱帽，长长的帽翼，我会说是"耳朵"，其实是我对戏曲头饰不懂。演戏为什么要穿红着绿呢？我的确不懂。现在也不明白演戏为啥要穿红披绿？

　　戏曲是我国的传统文化，从戏曲中可以了解服装文化、脸谱文化、古音乐曲、吟诵、诗词韵律文化等。一台戏的道具、舞美都由专业院校毕业的专职人员来设计，一个人的装扮都有严格要求，比如，演员演的角色不同，同样是拿着扇子作道具，老生摇的扇子就不一样，文老生或文书生是慢慢地往胸部扇扇子；丑角扇子是往头顶扇的，丑角"啊哈"犀利地尖叫了一声，便拿着扇子往头顶摇晃个不停；武生是往自己的腹部扇扇子；书生则是往胸口扇扇子。演员的扇子有时也是用来遮羞的，旦角在见到陌生的文生时，就会用扇子来遮面。道具一样，表演方式不一样，这也是对该角色塑造的特点。白袍配白马，红袍配红马。薛仁贵穿白袍骑白马，关公手执青龙偃月刀。这都是固定的传统装扮与道具，不可混淆。

　　农村也有"抓戏罚戏"的传统。经验丰富的老人懂戏曲文化，他们坐在台下一边欣赏演员们带给他们的这个角色的美感，一边还会抓演员的漏洞。演员如果把戏中某个动作做错了。可以罚他们再演一出，如，上楼梯的步数与下楼梯的步数不一样了，也会要求罚戏。这是过去农村里的习俗，现在没人去讲究这个没理由的理由了。

　　现在听戏是一种休闲生活方式。有的是为了爱好，票友纯属于爱好，不过有些票友也在专业上具有演戏的资质，个别票友学习戏曲的熟练程度，不亚于专业演员的水准。

　　戏曲在过去承载着教化作用，劝人为善，演绎真善美，是民间寓教于乐的一种活动方式。听着悠扬戏曲的旋律，带给人们无

限空间上的遐想。听戏的美在于心境，心境美了，听戏过程自然
美好。

　　我喜欢听戏！

2022 年 9 月 14 日星期三

风韵是洒脱，是一个人的素养

一

李娜心情很不愉快，不是今天不愉快，几乎每天都有不愉快的表情，每天都有发牢骚的理由。

李娜发牢骚是没有针对性的，一遇到不愉快的事就发牢骚，且是不停地发牢骚，不停地"米碎念"。她喜欢养宠物，"贝贝"是一只绝育了的黑猫，是李娜的宠物。她对这只黑猫极好，心里有什么话也都会对着这只黑猫述说。给黑猫准备的猫粮也都精挑细选，买最好的猫粮来喂养这只绝育了的黑猫。

今天不知道怎么一回事，就连这只猫也闹个不停，"喵，喵"一个猛劲地扑了过去，抓破了李娜的左手上臂。几道抓痕如流水般烙印在李娜的手臂，疼得李娜只能忍气吞声，不会对猫发脾气，只对着镜子里的自己一边用"乙醇消毒液"给自己的手臂消毒，一边涂抹"汞溴红溶液"，还不断地自言自语。"要不要去医院打针？要不要打破伤风的针？"李娜嘴里念念有词担心地说着。看着左手上臂的抓痕，李娜疼得差点流出眼泪，这回怕是真的很生气。"气死我了，这只该死的猫。""这个死胖子。"平时都叫"贝贝"，很亲热地叫。李娜今天真的很生气，也不叫黑猫"贝贝"，嘴里不停地喊着"死胖子"。李娜这回对这只黑猫真的很生气。"喵"一声，黑猫快步地躲在了一把椅子后面。

李娜住在小南路，今年 23 虚岁，个子修长，一双眼睛透着灵光。她很有心思，大学毕业就不想再继续读研究生，准备自己创业。闺蜜说："李娜，你对美甲很有创意，何不开一家美甲店呢?""是的，你对美甲很有天赋。"又一闺蜜鼓励说。李娜也有了自己的想法：让美甲和美甲培训一起，可以把美甲的技术传授给想学美甲的女孩子。

李娜在闺蜜的建议下，在小南路开了一家美甲的小店。这家店就是她妈妈原来经营的一家服装店，她妈妈身体一直不好，只好歇业在家休养。听说女儿要开美甲店，李娜妈妈很高兴。李娜给美甲店取了一个风趣的店名——"风韵美甲"。她的美甲在小南路一带很有名气，她也爱打扮，一个早上最起码花大半时间在化妆上，洗脸做面膜，喷护肤水搽粉描眉抹口红都是细致入微。李娜对化妆品极为讲究，整个化妆柜子里装满名牌的化妆品。

在小南路一带知道了解李娜的人都说李娜性格温柔无比，说话细软腼腆，都竖起大拇指称赞李娜心灵手巧，乐于助人。在别人眼里，李娜简直完美无缺，心地善良，属于清爽型的标致姑娘。

李娜像今天这样的性格跟她父母离异很有关系。李娜在读高二的时候成绩一直都保持班级前三名，在李娜读高三的时候，她妈妈和她爸爸协议离婚，李娜就跟她妈妈生活在一起了。

自从父母离异之后，李娜就变了一个人似的，时不时地无故会发牢骚，成绩也落了不少。她原本的梦想是成为一名服装设计师，好设计衣服给妈妈穿。愿望多好啊。父母的离异给李娜太大的打击，对精神状态，对生活、心理都有影响。李娜也不想这样，会跟闺蜜聊起这事。闺蜜们也都很关心，建议李娜去看心理门诊。发牢骚归发牢骚，李娜对待顾客还是蛮客气，招待顾客也有自己的一套方法。李娜和闺蜜一番聊天后，闺蜜们起身要走，李娜放下一本《美甲款式》，便目送闺蜜们慢慢地离去。

二

最近一段时间，李娜的美甲生意一直不好，顾客也没几个上门，上门美甲的都是闺蜜。李娜很重视江湖义气，从不收闺蜜的美甲费用，有收的也只是材料费。李娜不发脾气的时候还蛮可爱的，对人总是话没开口先微笑，很多人都很喜欢和她聊天。

这一天，李娜在店里侧着腰斜靠在圆椅子上戴着耳机，一边刷着抖音，一边喝着奶茶，这奶茶是刚从隔壁奶茶店买的。

突然一声雷响，一阵雷雨迅速地降下，破天荒地降下。雷雨下个不停，天色渐渐地暗了下来。这时小南路上已是车水马龙，车灯闪烁，形影随离，行人急匆匆都在躲避这突如其来的阵雨。李娜似乎有什么心思，起身拿起一把雨伞，拉下卷帘门就往人民路的天桥走去。

"喂，出租车。"李娜拦了一辆红色的出租车，急忙收了手中的雨伞，坐上出租车连忙就说，"师傅，去瓯江路米房。"

季每文约李娜晚上在米房一家私人餐馆吃饭。季每文是李娜高中同学，在读高一时他们就是非常要好的同学，在学习上也不断地给对方增加信心，相互鼓励。季每文对李娜的鼓励真是很大，李娜也很欣赏季每文。由于下车太匆忙，李娜把手提包落在了出租车上，看她一脸不愉快的样子，在边上等的季每文就上前安慰李娜。"我帮你打 12328 市运管热线了解一下。""不要慌张。"季每文说。

李娜原本是遇到不愉快的事就会郁闷发牢骚，这次丢了手提包更会"米碎念"，不断"米碎念"。"怎么办呢？""包里有我的身份证和消费卡、银行卡。""没关系的。""不要担心。"季每文不停地安慰说。

季每文拨通了 12328 市运管热线，很快就锁定该出租车，接听热线的服务人员说，该出租车司机已经把东西放在"失物招领处"，让失主带着有效证件来领取。季每文陪同李娜一起取回了手提包，李娜心情似乎平静了许多。"每文，谢谢你。"李娜对季每文说，表示感谢。"老同学就不要客气，应该的。""我们进去吧！""这家私人瓯菜馆不错。"季每文说着，伸手牵着李娜的左手往米房一家私人瓯菜馆走去。这时的李娜嘴角露出一丝笑意，从未有过的一股暖流涌入心头……

李娜和季每文似乎确定了某种关系，只是双方都不表达，只能通过关心来表达彼此之间的某种关系。李娜想可能是找到了爱的对象，只是不愿意去面对，还没走出心理的阴影。李娜的心理阴影可能源自她父母的离异。"每文，你给我一点时间。""你会等我吗？"李娜犹豫地问。季每文一边给李娜夹菜，欣慰地说："你最喜欢吃的酥脆排骨。""这家酥脆排骨脆香可口。""来，尝一口。"李娜挪动小嘴，轻轻地触碰了一下酥脆排骨，轻咬一口，脆而不焦，顿时激起味蕾的浪花来。"嗯，这酥脆排骨真好吃。"

李娜开心地对季每文笑着。"来，吃一个香辣螺蛳吧。"季每文不时地给李娜夹菜，李娜开心了许多。李娜凝望着窗外，念了唐朝著名诗人张志和的诗句"斜风细雨不须归"。或许此刻李娜的心情是最释放、最开心的。

三

这时，小南路上已经人迹稀少，只有来往的出租车在夜色中不停地穿梭。一家瘦肉丸店还在亮着灯，还在经营。李娜走进了这家瘦肉丸店，坐在角落的一张小桌边，点了一份瘦肉丸慢嚼细咬地在嘴里不停地品尝着瘦肉丸的嚼劲。李娜从小受父亲影响，对美食很是喜欢，不是一般的喜欢是极其喜欢的那种。"吃货"一词形容李娜喜欢吃的这事来说是最适合不过了，从小，李娜妈妈都称李娜为"小吃货。"

李娜喜欢吃泽雅的"油煎汤圆"。泽雅的"油煎汤圆"是泽雅农家的一道具有本地特色的民间小吃。李娜很爱学习制作泽雅"油煎汤圆"，也学会了制作。泽雅"油煎汤圆"制作方法：先将粳米粉与糯米粉按一定比例搅拌均匀揉成团状，再用手搓圆；在锅里慢炒将水分炒干，加少许老酒慢加慢炒，炒至八九分熟加少许油少许老酒，炒至表面金黄；这时的"油煎汤圆"，在火候和油温的触动激发下，完成最完美的最后一道修炼，撒上芝麻，就能上桌。泽雅"油煎汤圆"外焦里嫩，软糯可口。李娜说："你吃上一口准你今生难忘。""不愧是纸山泽雅的民间小吃。"闺蜜们称赞道。李娜常常和朋友一起分享美食的制作过程。李娜通过积极乐观地面对生活，给自己的心情也带来很大的帮助，虽然平时依然会有许多的不愉快，但现在她慢慢地自信了起来，周围的朋友也一直在支持她。

四

李娜的改变、心情的好转离不开季每文的支持和帮助。季每文每周都会抽出时间去小南门"风韵美甲"店帮忙。李娜对季每文也是喜欢有余，季每文的每一个举动都让李娜感动。"休息一下。""喝杯奶茶吧。""我特地点的黑珍珠奶茶。""趁热喝吧。"季每文无微不至的关心，使李娜无比欣慰。

李娜心情大好，小南门的"风韵美甲"也成了闺蜜们的聚会场所，大家一起分享生活的快乐。李娜对周围的朋友也感激不尽，只能亲自制作美食表示对大家的关怀与帮助。

生活赋予李娜的不仅是兴趣，还有更多的快乐。李娜在读初中时就是学校文艺社团的成员，弹古筝、唱昆曲，她的表演屡次获得全国性大奖。李娜对古筝甚是痴迷，从勾、托、抹、托，基本指法的练习，到整句整首曲谱练习都很熟悉，掌握每一处技法，其指法甚是精练娴熟。从《凤翔歌》到《渔舟唱晚》再到《出水莲》《高山流水》《战台风》，弹奏得一首比一首熟练。小时候学古筝的功夫，现在都还记忆犹新。李娜最喜欢的古筝曲是《浏阳河》，每次上台表演的都是湖南筝曲《浏阳河》。《浏阳河》是根据湖南民歌改编的一首现代古筝代表曲目。李娜从小就被音乐熏陶，对音乐又是那么热爱，因此李娜有了第二份职业，经常被邀请参加公益性演出或商业性演出，她都热心参加，尤其喜欢参加公益性演出活动。她经常被多家礼仪公司聘请，成为多家公司的首席演出代表。

"今晚演出。"组委会对她说。李娜吃惊了一会儿。"那是读初中时学过，现在不知道能不能行。"李娜犹豫着说。组委会通知李娜今晚参加公益环保宣传活动晚会，让她准备一下。李娜不好推却，便答应下来。李娜准备着……

"不到园林，怎知春色如许?"低吟清脆的声音扬声在整个舞台上空。在这次公益环保宣传活动中，李娜表演的昆曲《牡丹亭》演出很成功，博得在场观众掌声连绵，久久不断。这是久未有过的荣誉感，李娜欣喜不已。李娜站在舞台中央向观众深深地弯腰鞠躬，思索着今后的人生也会越来越精彩，掌声鲜花总是在辛苦后。李娜想着。生活不需要自闭，打开心扉欣赏世间，李娜此时才真正觉得生活一切皆美好。

朦胧的夜色下，路灯微弱的光线也在朦胧的柳树间缓射在地面上，李娜独自漫步在马鞍池公园，走到池塘边一块椭圆形的石头上，扶了一下裙子斜着身偏坐了下来，凝视着水中的清许月色，沉思良久。

2022 年 8 月 31 日星期三

赋得菊花香

我喜爱菊花，赋得菊花香。

说起菊花，我想起唐末农民起义领头羊黄巢的《不第后赋菊》中的两句诗："冲天香阵透长安，满城尽带黄金甲。"他落第后，不为时局所击败，仍豪情恣肆，大度从容，写下千古名诗："待到秋来九月八，我花开后百花杀。冲天香阵透长安，满城尽带黄金甲。"

这句"满城尽带黄金甲"，被著名导演张艺谋花耗巨资，在横店影视城打造成大型历史古装剧《满城尽带黄金甲》。横店影视城拍摄现场我参观过，场面颇为壮观。

我喜欢菊花。在瓯江之畔金堡村金堡路89号我的寓所，房屋前后都种有菊花、兰花、月季等植物。由于"西向排洪"河道建设需要，我住的房子要被拆迁，种在"道坦"（即院子）里的菊花和各种花卉即将面临被铲除，房子被拆除后短时间内是没有地方可以安置它们的，我也要面临租在别人的房子，根本无暇顾及那些花花草草。我多次搬家租在外面，也很少"旧地重游"，没有回来照顾这些花卉，后来它们就不见踪影，不见菊花也是一件伤心的事。

"菊残犹有傲霜枝。"菊花经过冬天的洗礼，虽花瓣凋零、残败不堪，而那些菊花的枝干却傲立霜雪之中。过去读过的诗，今天读来，再次想起这些描写菊花的诗句，才真正懂得所表达的含义。菊花是一种精神象征，历来文人雅士以菊花为题材的诗词佳作浩如烟海，多而又多。《红楼梦》第三十八回中，李纨主持，各自选以"忆菊""问菊""菊梦""访菊""簪菊""对菊""供菊"为题赋诗，林黛玉的《咏菊》诗博得头彩。我们来欣赏一下林黛玉的诗："无赖诗魔昏晓侵，绕篱欹石自沉音。毫端蕴秀临霜写，口齿噙香对月吟。满纸自怜题素怨，片言谁解诉秋心。一从陶令平章后，千古高风说到今。"（《咏菊》潇湘妃子）林黛玉每一句诗都有一个生动的画面，且富有动感，我最喜欢这句："毫端蕴秀临霜写，口齿噙香对月吟。"实际上，归功到底是曹雪芹伟大的诗作。曹雪芹的《红楼梦》是虚构，但呈现的诗词真实不虚。

"梅兰竹菊"被誉为四君子，菊花便是四君子其中一员。菊花性高洁，古代文人用它来象征一个人的节操，不为俗世所同化，寓意着坚定自己的立场，保持高洁坚贞的品德。

诗以言志，唐诗咏物抒情，宋词借物喻志，从诗中能看出人的志向。白居易的一首《咏菊》诗说："一夜新霜著瓦轻，芭蕉新折败荷倾。耐寒唯有东篱菊，金粟初开晓更清。"初秋的早晨是菊花带给白居易更多的清妍，菊花耐寒，不畏严霜。

元稹的《菊花》诗："秋丛绕舍似陶家，遍绕篱边日渐斜。不是花中偏爱菊，此花开尽更无花。"又是不一样的心境。元稹说赏菊要当时，不是我偏偏喜爱菊花，菊花与别的花不一样。菊花在诗人心目中代表坚贞，不抓住菊花开放的时间欣赏，等花期一过就没有了。把握机会，不要等机会失去才后悔。

菊花虽不共春芳，但独添秋色。秋色无边，菊花装点秋意更浓。言物喻人，以此来预示人的高尚品德。

我每次看到菊花就兴奋不已，我会上前去用手拂一下花香。菊花花瓣细小，里面会有各种小虫子，闻花香不能直接用鼻子去闻，可能会有虫子钻进鼻孔里。闻花香用手轻拂即可，就能闻到淡淡的清香。

菊花不但可以观赏，还可以入药。有一种菊花叫"杭白菊"，是因产地不同，称呼也不同。杭白菊产自我们浙江杭州。还有一种是安徽的贡菊和滁菊。贡菊、滁菊、杭白菊同其他菊花一样皆可入药，是一味很好的中药。菊花清肝明目，"桑菊饮"就是一服治疗咳嗽的良药。小时候，我咳嗽了，祖母就配了一服"桑菊饮"给我喝，至今还记得。

菊花在人们心目中有着无上高洁的品质，菊可诗可图耳。我喜爱菊花。

赋得菊花香，我喜爱菊花。

2022 年 9 月 6 日星期二

锁清秋

秋夜渐深，冬意袭来。我坐在树下看徐徐秋风刮过小区那一排排树儿，树上的叶子纷纷离开枝头，摇摇摆摆，婀娜多姿，飞向小区的草坪、走廊。看啊，就一会儿工夫，那薄薄一层树叶，犹如一床软绵绵的毯子盖在大地上，任尔秋意多萧瑟，小区依然锁清秋。

登泰山

这次山东之行是意想不到的。

2018 年 8 月，全国第八届青少年书画现场大赛暨"齐鲁访碑"在山东泰安举行。

我是因为带学生来参加此次活动，也是第一次来山东。齐鲁之地孔子故里文脉所在，心生敬仰。原本是让学生第一天比赛结束之后就准备回温州，当天的动车票都预订好，后来组委会安排去泰山采风活动。谷松章老师强烈要求我无论怎么忙也要参加这次泰山之游，我就兴奋地答应留了下来，想探究泰山之真面目。

东岳泰山在金庸武侠小说里经常听过，对泰山也有了敬仰之心，金庸的"泰山大会"想必是要参加一回。金庸对泰山描述不多，只提到五岳泰山的泰山剑派。《碧血剑》提到的"当年的泰山大会"是小说对泰山的描述，描述的只是泰山剑法，泰山剑法奇绝就是对"泰山十八盘"登山之难延伸为剑法的奇。这次不是在读小说，而是亲历泰山，就是想一睹泰山的雄姿，一睹泰山的"庐山真面目"，还有一层就是一睹杜甫《望岳》诗中所说：

岱宗夫如何？齐鲁青未了。

造化钟神秀，阴阳割昏晓。

荡胸生曾云，决眦入归鸟。

会当凌绝顶，一览众山小。

更想体会一下杜甫当年笔下豪迈气概，"会当凌绝顶，一览众山小"磅礴之境界。

东岳泰山，巍峨耸立，在五岳之中排名第三，海拔 1524 米。不是说泰山的高，去登泰山，泰山实则名气之大。泰山地处华北大平原，除了泰山高高在上，周围都是平原，地势造就了泰山。从平原望去，泰山巍峨高大，令人敬畏，历代帝王必登泰山祭祀天地，这也是引万民归心之举。登泰山封禅的皇帝，前后有迹可循的有 72 位，从秦始皇到乾隆承续不衰。"封禅"是一种祭祀仪式，祭拜天地之礼。历代帝王认为自己是"天子"，领受天命，天命所定，"君临天下"，受命于天。封禅仪式庄重威严，"三牲福礼"齐备，闲杂人等都要回避，不得靠近。再则泰山名气之大，历代的书法摩崖石刻蔚为壮观。泰山的摩崖石刻，现存的据统计有 1800 多处。泰山经石峪刻于 1400 多年前的《金刚经》，泰山经石《峪金刚》经摩崖石刻在书法史上也是一个奇迹。在泰山，还能领略到历代帝王和文人的题诗石刻、碑刻，泰山实乃碑刻题诗出名，是书法与文学创作集大成的一座宏伟的殿堂。

现在登泰山少了一些趣味，登山全靠缆车。乘坐缆车迅速到达南天门，拾级而上再爬到玉皇顶，很是费力。我到中途就不想再走上去，走不动，想"山有点高"，只能对"五岳独尊"擘窠大字望而远之。太累啦，中途小坐，拍几张照片，起先老板说 20

元一张，拍完说要 40 元，封塑一张说是要 20 元，我不是去封禅而是去封塑来了，照片封塑要 20 元，摄影老板很会赚钱。

后来听导游说，山上当地的摄影师都是这样坑人，简直无语。邹鲁大地，礼仪之邦，竟连拍照也暗藏猫腻。虽然钱不算多，价格也是谈好，等拍照完毕取照片时封塑还要另收取费用，这说了吗？"天下没有免费的午餐。"此次泰山之游，也算是见识一下当地的摄影师如此赚钱。也怪自己事先没有想到，也是大意了不是？

一丁点小事，导致对泰山的印象没有那么巍峨高大，反而是大打折扣。不是"造化钟神秀"，而造化的是摄影师，也是这次泰山之游意想不到的。

2022 年 9 月 1 日夜

虞师里

2013年我的书法工作室就在虞师里小区，三餐基本是在外面饭摊或面馆解决。对虞师里这个地方还是蛮有感情，说是感情还真是偏爱留恋于这闹市中的一僻静之处，是闹中取静的一个好地方。

一

虞师里有一家"清江三鲜面馆"，第一次去这家面馆吃面，就觉得这家面条好吃。每次上课结束，就来到这家"清江三鲜面馆"吃碗面条。

清江三鲜面馆是一家连锁店。这家老板是一位女老板，台州玉环人，一口玉环话，其他的话，我是一句也听不懂，只有一句"色格"我能听懂，"色格"就是厉害的意思。女老板招待客人很是热情。

这天周六中午，等家长把学生一个一个接走后，匆匆忙忙地下了楼，快步走到清江三鲜面馆，这时已经中午12点10分。一进店我就说：

"老板清江三鲜面一碗，面煮熟点。"

"好的，稍坐一会儿。"

这店的女老板说道，并热情地招呼我坐下，一边收拾客人吃好的碗筷，一边擦着桌子说：

"你这么忙啊，现在才吃饭。"

"嗯，是的，有点小忙。"我说。

"下次你没有时间来吃面，我给你送过去。"女老板说。

"给你一张名片，需要就打名片上的手机号码。"

"好的。"接过名片，我结了账。

二

周四下午，学生放学后陆续来我书法工作室学习书法和篆刻。

"老师给我点一份外卖吧。"学生对我说。

"要吃什么？"我问。

"炒年糕吧。"学生说。

"老师给我也点一份炒年糕，我也喜欢吃炒年糕。"另一位学生又说。

"好的。"我就拨打名片上的手机号码：158×××××××。

"你好，清江三鲜面馆。"接听老板说。

"来两份炒年糕，不要放葱。"我说。

特别地提醒一下，我知道两位学生平时不喜欢放葱。

"炒年糕要添加什么吗？"接听老板问。

"'egg'，放鸡蛋吧。"两学生说。

三

2014 年 5 月 15 日　星期四　雨

还是下午放学后。落雨，几位学生同时挤一把雨伞兴冲冲地跑上楼，没到五楼就听到她们的声音，学生甚是高兴。

"老师，今天我要吃面条。"学生还没放下书包就急忙地说。

"老师，我还是炒年糕，不变。"另一位学生接着又说。

"老师，那我要一份炒年糕，和姐姐一样。"又一位放下书包后尊敬地说。

根据学生的要求一个一个报给面店老板，老板总是追问一句：

"还要什么吗?"

"不要啦!"学生同时发话。

吃完外卖，学生个个精神十足，练书法、拿刻刀也有劲头。看着孩子们认真的样子，便也有一小许安慰。

这时手机铃声响起，一家长说，孩子点心的钱，已经给我发了红包，让我接收一下，孩子的点心不能让我破费。其实没什么，孩子们也都和我两个儿子一样大，这些年对孩子们也有感情，对待学生像对待自己的孩子一样，这点心的钱算不得什么。家长还说，学生参加学校艺术节获得二等奖，感谢我的辅导。

我表示感谢家长对我教学的认可与支持。孩子喜欢什么我都会努力满足孩子们的需要。重中之重是将学生书法（写字）教

137

好，把孩子的篆刻教好，把孩子课余的时间利用好，写好字、刻好印，引导孩子学习方法，培养孩子学习兴趣，这样我也心满意足，我给孩子们点外卖也很是甘心乐意。

学生总是喜欢我给他们点外卖，说老师点的外卖好吃。我也不时地给她们忽悠，我喜欢被孩子们"忽悠"。往后课后的日子，在我的书法工作室中给学生点餐叫外卖是经常的事，"清江三鲜面馆"就成了学生们的"御膳房"，随叫随到。

还真忘不了虞师里，那家"清江三鲜面馆"也忘不了。

四

在虞师里的三年时间，给我太多的美好回忆：有学生书法或篆刻比赛获奖后的惊喜，回忆起学生一起蜂拥而至我书法工作室的欢呼声；也有家长不时给我带的农副产品——茄子、八棱瓜；茶山家长送的"茶山杨梅"；还有家长给我制作"周建勇书法工作室"手提袋；绣山小学的一个学生因生病在上海住院急需巨额医药费，叶锘莹妈妈还捐助出资 3000 元。这是我牵头为这学生的公益献爱心活动，其他家长也响应我的这一公益献爱心活动，纷纷捐款，真是谢谢这些热心、善良的家长，家长们真好。

最近又常常想起虞师里的炒年糕、永嘉麦条儿、三鲜面，常常想起给孩子们点外卖的情景。后来听说，"清江三鲜面馆"开不下去，门店也转让给了别人，老板也回了玉环老家。老板回玉环老家从事什么工作就不晓得，是不是做什么还是那么"色格"？愿老板人生一直"色格"下去。

人呵，总是有太多的回忆，回忆至深感动越真，点滴的回忆汇成浩大的湖海。回忆亦是美好，前进更美好，不是吗？

虞师里有太多的回忆，有太多孩子们的欢笑声萦绕耳边，久久不能离去。

2022 年 8 月 30 日星期二

朝霞惊梦

朝霞惊梦，瓯江浮景。岁在壬寅九月十五日星期四凌晨，偶见瓯江之畔朝霞映入眼帘，美不胜收，特以文字记之。

——题记

朝霞惊梦，瓯江浮景。突发奇想，得此一句。"朝霞惊梦"以此四字为题目，随思随想，作以下文。

凌晨4点，睡意全无。我伸手拉开窗帘，只见天空朝霞通红通红，煞是好看。地面上还是一片漆黑，偶尔有一点光亮。

天那边红得发紫也发黄，红彤彤的朝霞映衬在整个瓯江之面。一条高架桥跨越瓯江两岸，似玉带绕过天边。一辆高铁列车"唰"的一声跨越瓯江飞驰而过奔向前方，静静的凌晨被这列车的"唰"声破开了天窗。鹿城区双屿街道金灶村地块安居建筑工地安静得只听到草虫的鸣叫声和几盏透亮的探照灯，探照灯也忽明忽暗。我靠在窗头，环顾四周，忽见几只小狗互相追逐，发出"嗷嗷"之声。"嗷嗷"之声随着远去的朝霞也消失在灰蒙蒙的草丛之中。几只蝙蝠在山那边来回飞舞，忽高忽低，蝙蝠也在享受朝霞给它们带来无比的快乐。

房间里，孩子睡意正浓，听到孩子"嘀嘀咕咕"像是在说梦话。可能白天孩子上学在学校玩累了吧。内子还在梦中挪挪嘴唇，还在睡意中。这么美丽的朝霞，如此极美晨景，原本也应让内子好好欣赏一下，但一大早还要开车送孩子去学校上学，我想到这里，不忍心叫醒内子，就让她好好地再睡一会儿，就当内子与这朝霞擦肩而过，期待下次见面吧。

朝霞惊梦，无限美好。天一边的朝霞红得像春天里的百花盛开，美丽极了。从一线的朝霞慢慢地变成一大片的朝霞，朝霞在天一边的块面不断扩大，光芒四射，炫彩抛撒。天渐渐地打开幕布，慢慢地斜射下五彩丝线，想必是一轮红日东升。果然，天的一边，山的那头，慢慢地看到初升的一轮红日。圆圆的红日好比羞答答的姑娘慢慢地探出一个小脸蛋，半遮半掩，从朝霞中离开山头直往空中升起。白鹭鸶也被这美丽的朝霞惊动着，不时地在江边漫步，在空中飞舞……

我便有了想法，就随笔记下几句，短句长句，不管它，先记录下来再说。这里也暂且算是诗歌吧。原来凌晨也有秘密，凌晨的秘密只有朝霞知道，朝霞知道了凌晨的秘密，朝霞不肯告诉任何一个人，但只将这凌晨的秘密深埋心底：

凌晨的秘密瞒不过朝霞。
朝霞通红通红，
映照整个天空。
通红的不仅是天空，
就连江水也一片通红。

大地还在睡梦中，
光亮尚未开启。
忽被惊醒的，
几只白鹭鸶，
在通红的朝霞下。

几只白鹭鸶，
在空中飞舞，
来回盘旋。

凌晨的秘密瞒不过朝霞，
只将凌晨的秘密深埋心底。

白鹭鸶在朝霞中自由地盘旋，忽而飞着，忽而在江边嬉戏……是凌晨的那一抹朝霞吸引了白鹭鸶在空中翩翩起舞。我也被这美丽朝霞的姿态所迷惑住了，便拿出手机拍几张。朝霞太美，拍照技术差劲，只能耽误这美丽的朝霞，只能辜负早起的这个不应该早起的这个时间。拍了几张发了朋友圈，以作遐想：

凌晨的那一抹亮光，
驱散了黑夜时的疲惫。
擦去睡意的干扰，
迎来欢快的清晨。

凌晨确实美好欢快。今天的朝霞好像是哪位仙子一不小心打碎了手中的五彩宝瓶一样将颜料泼洒在天的一边，紫的发紫，红的发红，黄的发黄，自然绚丽的色彩，是天空的妙笔巨作。五彩斑斓的朝霞映着五彩斑斓的江面，不知道是江面染红了天空，还是天空染红了江面。江天一色，遥相辉映，相互成景，宛如一幅浓浓的重彩山水图画。

朝霞惊梦，瓯江浮景。或许，凌晨见如此美丽的朝霞，指不定真是美好的祝福呢！

祝愿：

生活美美，心情好好。

2022 年 9 月 15 日凌晨

不负春盟

一

张心雨很温柔。

温柔的张心雨，同仁们最起码都认可。她处事原则问题从不会逾越，她赞同别人不同的观点，不会因为个人的观点不同而产生不愉快情绪，她最起码不会与人发生口角之争。她接受过高等教育，为人处事总是慢条斯理，处处为别人考虑，为大家着想，说话轻重缓急得当。在单位，不少同仁都和她成为知己和闺蜜。

她是一家地方新闻信息中心记者。大学刚毕业就被录取到县新闻信息中心担任副主编，主理新闻稿件审阅和编辑。

如果说把传统女性做一个分类的话，我想把它分成以下两类：第一是墨守成规型；第二不落俗套型。张心雨是属于传统墨守成规型的姑娘，她注重传统，特别有传统思想的那种。她出生在农村，父母对她疼爱有加，她的传统思想来自母亲的教育。母亲虽然没有读过书，但很懂礼节，为人处世，博得左邻右舍点赞。她从小就在母亲的教导下，懂得尊敬长辈、友好同学。

老张家有两男一女，她在老张家排老三，前面有两个哥哥。哥哥对她更是极其宠爱，什么事情都会满足妹妹需求。

"我看你们两个，把头拿下来给她也愿意。"她母亲说。的确，张心雨在哥俩心中占有重要位置。她是幸运儿，不管在单位、在家里都是受宠者。

张心雨也觉得自己是幸运儿，她知趣，也有自己一套方法讨人欢喜。她最难能可贵的就是懂得感恩，懂得帮助别人。她最感恩的是她的母亲，她在母亲身上学到善良、尊重、勤劳等很多品德。她酷爱古典文学，恰似《诗经》里描述的"关关雎鸠，在河之洲，窈窕淑女，君子好逑"。她体态婀娜多姿，是"君子好逑"的对象。她也是古诗词追随爱好者，不管在单位，在公交车上，包里总是随身携带一本《宋词三百首》或者《千家诗评注》或是《苏东坡传》。如果说，她的传统思想来自母亲教育的话，那她诗词的底蕴则来自对古诗词的热爱与追求，因传统思想教育，传统文化在她的心中已是根深蒂固。她喜欢蜗居，喜欢与诗书为伴。

这天周末，张心雨在家。平时也都在家，除了单位就是家里，两点一线，雷打不动的单调乏味的生活方式。她也习惯了这样的生活，始终如此，偶尔还在单位加班加点。趁着空闲多读读书，在宋词的世界中遨游，她最喜欢宋词，喜欢李清照、吴文英的词作。一抹阳光通过窗帘斜射在沙发上，她素颜地斜坐在沙发左边，刚好读到宋代吴文英的一首《唐多令·惜别》："何处合成愁？离人心上秋。纵芭蕉、不雨也飕飕。都道晚凉天气好，有明月，怕登楼。年事梦中休，花空烟水流。燕辞归，客尚淹留。垂柳不萦裙带住，漫长是、系行舟。"

词境清新明快，张心雨被其深深地吸引，她叹服吴女史的心境和才气，也想起读大学时的时光，想起故去的一位室友，她眼眶湿润，回想那段时间共同一个寝室两年多的相处，早已成为知己，她们相处的每一个细节都铭刻在心。

楼下，她的母亲早已准备香喷喷的饭菜，母亲喊着："心雨，下楼吃饭啦！"母亲的声音打断了她的心绪。心雨久久没回过神来，迟迟地才"哦"了一声。"马上下来。"心雨放下书本，连忙下了楼。"妈，你多吃点。"心雨给母亲夹了一块鱼肉。"你吃，不要给我夹菜。"母亲唠叨着。"怎么啦？嫌弃女儿筷子有胡须啊。"心雨不停地给母亲夹菜说。

"谁怜寸草心"呢？可怜天下父母，母亲是让孩子多吃点，做父母的哪个不希望自己的子女好呢。哥哥在一边刷着微信语音，群聊语音热门话题就是中秋节放假去哪里漂移。他低着头问：

"妹，中秋节单位放假几天？""趁着放假这几天，我们带上妈妈一起去苍南霞关吃海鲜。"哥哥对她说。"中秋节，单位要加班，许多稿件要编辑。""这次没时间。""下次。""中秋节我们还要去慰问退休老同志。"张心雨郁闷地回答了几句。

二

"闲却新凉时节"，好心情来自好天气。刚下班不久，张心雨就收到哥哥短信："妹，明天我生日，你帮我预定一个蛋糕呗。"

"啊，明天是二哥生日。"她突然想起明天是二哥生日。张心雨忙于单位的事，来不及给二哥买生日蛋糕，就给二哥发了一个红包，准备让二哥自己去预定生日蛋糕。"哥，要不我在美团预定生日蛋糕吧。""当天就可以送到。"张心雨又给哥哥发了微信。"好的，妹。""记得预定8寸的冰激凌蛋糕。""我约了朋友来参加。""小蛋糕怕不够分。"微信中，不断发来哥哥的语音。

生活中很多偶遇的事是常常发生，在哥哥生日这天，一位帅气的小伙子出现在哥哥的生日宴会上，看似很面熟，只是不记得在哪里见过。张心雨正在疑问，哥哥介绍说，他叫"陈淼"。"陈淼？""不会吧？""好耳熟的名字。""莫不是我的小学同学？""对，你就是我小学同学。""都不记得了。""时间过去多年。"你一答我一句地说着。"别顾着聊天，来一起吃菜。"张心雨的哥哥发话。在欢声笑语中，畅谈甚欢，彼此的眼神都在注视着对方。

岁月悠悠，时光荏苒。想回到过去是不可能，但现在相聚在一起是最好的时刻。张心雨看着小学的同学，脸上顿时红了一阵子，在眉目间像是都在表达各自的心声。"加个微信，以后常聊。"陈淼打开二维码，添加了张心雨微信。

三

"到家了吗？"张心雨给陈淼发了微信。"快到家门口。""早点休息。""改天再聊。""晚安，拜！"陈淼有心思地不给张心雨多回微信。寥寥几句，就关机。他有自己的想法：第一，夜深了不想耽误张心雨休息；其次，改天再好好地聊；最后，想给张心雨一个好的印象。

张心雨梳洗了一番，斜躺在沙发上，窗外微弱的月光照耀在远处的山头，天空繁星点点，她看着陈淼发的微信，夜已深沉，便不知不觉地进入很深的睡眠中。

　　他们加了微信以后，经常相约，要么骑共享单车一起郊游，要么驱车野外烧烤，陈淼带给张心雨总是惊喜不断，日久情多，彼此也都有了好感。原本两点一线的张心雨，一下子生活也丰富了起来，陈淼的出现给她的生活带来了前所未有的快乐。

　　"觉得好幸福。""从来没有像今天这么开心。"张心雨眉目间露出满满欣慰感。陈淼很想表达心里的一层爱意："真的吗？""我们能确定恋爱关系吗？""我现在是离不开你。""你的出现想必是上天给我安排的吧！""我们就确定恋爱关系吧！"陈淼用凝视的眼光诚恳地说。"不会吧！""我还不确定。""哪有这么快？""我们只是最普通的朋友而已。"张心雨不好意思脸又红了一阵子，转过身羞答答地说。

　　陈淼对张心雨体贴入微，他们不管是在聊人生、聊未来，都有聊不完的话题，谈吐间彼此都很默契。机会呢，总是给有准备的人，他们相处多次已经建立了恋爱的基础，很快就进入了热恋时期。

四

　　在一回晚上小组聚会结束后，陈淼主动邀请张心雨去他家坐坐。陈淼诚恳地说："我现在隆重地邀请你来我家坐坐。""我父母等着要见未来的媳妇呢。"张心雨的脸顿时又红了一阵子，羞涩地说："谁要做你们陈家的儿媳妇，让谁去吧。"

　　他们开着车一路上穿过灯红酒绿的昆阳老街区，见街道两旁霓虹灯闪烁，烧烤、小吃应有尽有。陈淼在路边一个空位停好车，面对烧烤老板说："老板，烤羊肉、烤鱿鱼、烤小黄鱼，各来5份，蒜蓉生蚝10个。"陈淼点了些小吃，准备吃夜宵，再小酌一会儿。他的热情在灯光中被淡化，在夜色中沉静，"强带酒"，戏无望。

张心雨注重养生，生活很有规律，"过午不食"的那种，夜间从不吃夜宵，想是"更吹落，星如雨"，陈淼的这个举动带给她遐思。《诗经·邶风·击鼓》："死生契阔，与子成说，执子之手，与子偕老。"她何曾不想？

有情人最后能不能终成眷属，张心雨这段恋情能不能再延续，能不负春盟？把机会留给时间吧！

真是：

"人间万感幽单，华清惯浴，春盎风露。连鬟并暖，同心共结，向承恩处。凭谁为歌长恨，暗殿锁、秋灯夜语。叙旧期、不负春盟，红朝翠暮。"张心雨吟诵起了一首宋人吴文英的《宴清都》下阕。

2022年9月2日星期五初稿

小院锁深秋

　　温暖的阳光洒落在院子里，金灿灿的桂花飘着浓郁的清香，茶花的花蕾挂满了枝头，红红的枫叶格外惹眼，菊花更是花枝招展，黄得可爱，黄得耀眼。小狗狗前后欢快地跳跃着，似乎在欢迎主人的归来。

　　呵！迷人的深秋小院。

下雨天，真好

之前读过琦君先生的文章《下雨天，真好》，从细细雨丝中体会那一抹乡愁，这乡愁，便是琦君先生唯一的寄托。我也通过下雨天寄托哀思。

下雨天，真好。细细雨丝，寄去哀思。最近常常想起我的奶奶，奶奶一生最疼爱我。在困难时期，奶奶把唯一省下来的钱给我买毛衣。下雨天，往往会想起我的奶奶，因为雨天会看到奶奶劳作的身影。时间总是会改变一切，有的时间也能记住一切。落雨，每每会想起，便会听到奶奶给我讲的谜语。之前写过一篇《奶奶给我讲谜语》，奶奶给我讲的谜语，现在还能记住许多。"山字两头低，谷字去了皮……"又一次在谜语中怀念奶奶。

下雨天，真好。

心中有国

——小记小儿篆刻

"心中有国"这4个字，是小儿寒涵的篆刻作品。

"心中有国"这方篆刻作品，是学校为庆祝伟大的新中国成立73周年，传承优秀文化，弘扬民族精神，而创作的一方拟汉式印白文印风篆刻的作品。白文印风，露红示白，红白相间，姿趣妙生，块面明显，线条简洁。"心中有国"4字意趣、疏密处理得当。这次学校向全校学生征集的有美术、国画、书法与篆刻等作品。篆刻作品不多，小儿就按要求刻"心中有国"这4个字。而"心中有国"的"心"字为主体字，故将"心"字线条多做一些修饰，以此来布白空间。"中"字做疏朗处理，呈现出三密一疏的设计理念。"心中有国"就是心中有祖国，这也是爱国教育的一个内容，让孩子从小就懂得热爱祖国，心中有国，好好学习，心怀大志，志存高远。

小儿篆刻学习还需要自觉，不在紧要关头总是推却，不及时完成篆刻作品，一方图章都要多次催促下才去伏案刻章。篆刻学习要"勤"。勤，就是不断地去刻，不断地看古人的印章样子，要从古人那边汲取多方面的营养。图章要多刻，多刻才熟能生巧，学习篆刻还是要不断努力。

篆刻是一门综合艺术，除了会刻字，还要会书法，先要把书法学好。刻一方印，是刻与书法的融合。篆与刻，当然是先篆后刻，先把篆字写好，写在要刻的石头上，再去刻好它。这个过程也是漫长的，要有一定的时间去学习。

小儿寒涵从 5 岁时就开始舞刀弄石，虽然不成作品，也是兴趣培养的开始。从小儿还坐在幼儿推车上时就已经走遍山口的石雕市场。我去青田购买石头章料时，就带他去青田山口一起买石头，也会带他一起去青田封门山矿洞采石探幽，让他触摸青田石，感受青田石的润、透之美。小儿从小就对石头很感兴趣。一次，小儿在去白洋矿山的路上捡回一块青田原石，这块青田原石比拳头大些，质地颇佳，至今还摆放在我的书案上，用来欣赏，用来当镇纸。我舍不得将它切成章料，以作原石欣赏也奇趣无比。

"心中有国"不仅是作为篆刻的一个内容来刻，更重要的是作为信念、理想来刻。

志存高远，心中有国。

2022 年 10 月 9 日星期日

作退一步想

退一步海阔天空（Be forgiving and everything will be fine），这是一句为人处世的箴言。

生活中人与人之间不免有磕磕碰碰，常有不愉快的事发生，凡是要退一步想，不要与人发生口角。人非圣贤，孰能无过？"退"是智慧的选择，是人生处世的态度，也是明理的忍让，遇事忍让三分便是德。俗话说"和气生财"，和气了财源才滚滚而来。"家和万事兴"，"和"就是和谐、和睦。只有家庭和谐、邻里之间和睦，人就开心，做事自然也顺顺利利，事业自然也兴旺发达。和谐共生，也是人与人之间、人与自然之间的和谐共生、和睦共处。

黄山市西递古村落有一栋"作退一步想"的房子，是该房子主人自己用小篆题写的匾额，根据匾额上款得知，这房子建造的时间是清道光庚寅之春。为什么题了"作退一步想"5个字呢？原来，这栋房子正建在一个巷口过道的拐弯处，万一来了挑担子的人或马车什么的，很容易剐蹭到墙角，主人怕行人碰到墙角，所以他想到也做到，阁楼没有与正屋齐平，而是把墙角往下削了三分，这个就叫"拐弯抹角"，它方便了邻里。

在"拐弯抹角"处，它顶上的墙角和底下的地基依然保持着直角，这个叫"上不让天，下不让地，中间让三分和气"。就是说，咱们做人也不能一味地忍让，我们的善良也有原则，有底线，否则人善被人欺。这是古代和谐社会的最高体现。

在安徽省桐城市西南一隅，有一条张家与吴家承让出来的"六尺巷"。张家不服吴家越用之地，就上书给当朝做官的亲戚，想借亲戚的官威来赢得占地之羞辱。哪知张家的这位亲戚不但没有为其出气，反而寄回一纸书信劝勉："一纸书来只为墙，让他三尺又何妨。长城万里今犹在，不见当年秦始皇。"这首著名的让墙诗大致意思是，你们为什么不礼让，让他三尺又有什么关系？万里长城今时还在，但建造万里长城的秦始皇尸骨无存。你就肚量大些，不必与其争执。张家收到书信后，就撤让三尺，吴家见状也撤回三尺，故六尺巷遂一扬名焉。故说："丞相肚里能撑船。"遇事不纠结，礼让一下不就更好，双方皆大欢喜，又何乐而不为呢？

一次乘坐 13 路公交车，从双屿至藤桥方向。在仰义站上来一中年妇女，卖完菜拿着空的箩筐扁担往车上挤，不小心扁担戳到站在一旁的一中年男子，中年男子很是生气，就说了一句："眼瞎啊，拿东西都不看，戳到我了。"那妇女也没在意，中年男子不停地说着，表示要中年妇女道歉，中年妇女就是不道歉。"车上人多，我也没办法，不是故意戳到你的。人有多少力，马也有多少力。你要怎么样？""有本事你钟来（冲我来），铜勺还怕白粥烫，岩坦弗怕山水闯。"那妇女振振有词地说。你一句他一句，大家也都为他们打圆场，劝说他们不要为这点小事闹得喋喋不休，劝他们忍一时风平浪静，出门在外大家都不容易，乘坐同班次的车也是缘分。经几位乘客的劝说，最后他们也相互道歉，平息了这场口头之争。

是的，作退一步想，在生活中凡事忍一下，退让一下，朋友也好，兄弟也好，感情比什么都重要。不要为了芝麻绿豆的小事而斗得两败俱伤，伤了和气。退一步海阔天空，让一寸心旷神怡。

作退一步想，"退"出和谐社会皆大欢喜；作退一步想，"退"出和睦邻里万事平安。

2022 年 10 月 6 日星期四写于瓯江之畔

卜算子·咏梅

天下最奇葩，
傲雪隆冬俏。
骨气昂然凛万山，
独领春来报。

君四汝夺魁，
竹菊兰围绕。
千古风流笔墨骄，
艳压群芳笑。

2020 年 12 月 3 日夜灯下

听得雨声入梦来

听得雨声入梦来。听雨带来的是乐趣，听着雨声入诗、入画，也入梦。

——题记

夜沉烛影摇消去，听得雨声入梦来。

听着夜雨，心情极美。夜，随着雨声慢慢落下帷幕，仅仅只听到落雨声，没有听到草虫的鸣叫声。

窗前，漆黑一片。随着灯光投射出窗口，只见丝丝细雨闪泛着丝丝柔光。一开始，雨点很小很小，听到"沙沙、沙沙"，慢慢地"嘀嗒、嘀嗒"，"沙沙沙、嘀嗒嗒"逐渐响了起来。书案上的宣纸也逐渐湿润了，雨声越来越大，越来越大。听着雨声，我没有焦躁不安，反而欣喜不已。雨声，雨打芭蕉声，各种美妙声，交集一起，仿佛听着一场大自然馈赠免费浪漫的"和声交响曲"。

画舫听雨亦成趣，夜间豪情随意发。听雨，总是潇洒的。听雨，也风趣成意。在雨声中，我画意迅速升华。坐在书案前，听着雨声，兴趣极浓，随即手拿毛笔蘸好墨汁，极速在宣纸上留下墨痕，一块空灵的石头，跃然纸上，一丛兰花倚石而生，我一边用水墨画着兰花的叶子，一边心中默念着：一笔长，二笔短，三笔破凤眼。画兰虽有口诀，但不能死记硬背，口诀也要灵活应用。一组兰花浓淡相间，与石头并互依偎，遥相成趣，在淡淡墨色间似乎闻到兰花悠悠的清香。在历代文人画中，兰花与石头的组合也是文人心性的一种表达。

"抱石还自坚"，一幅《兰石图》就在一场夜雨迎来时创作完毕，明天就可以交稿完成任务。这次创作的《兰石图》是应民盟浙江华夏书画协会温州分会，为庆祝"矢志不渝跟党走·携手奋进新时代—— 喜迎中共二十大、民盟十三大书画作品展"征稿要求的一幅水墨画作品。兰柔石坚，一刚一柔。兰矢志不渝，石坚自抱。兰与石，寓意着坚贞不屈的品格。在落雨的夜间，雨声中完成的《兰石图》想必更有意义。听着雨声，写兰才浪漫风趣。听着雨声，才有意境。听着雨声，情趣才足味。听着雨声，听着夜雨声，内心似乎也随着飘落的夜雨进入深邃的时光之中。

听得雨声入梦，听雨润心，听雨激发诗意。这场夜雨带有灵性，充满着灵气。听雨中可以让心思远飘云天之外，去聆听祖母在世时的谆谆教导。听着雨声，更能进入无限的遐思，心境互融，梦幻相惜。雨声，带来浓浓的兴趣，带来创作的灵感，激情与灵感齐进出发。欢愉间，舞动手中的紫毫，听着夜雨，在意趣未尽的夜间，随意涂画，也是获得心情释然的一种好方法。夜间，只有我和雨，还有灯光，三者不离不弃。我把情绪发泄于宣纸之上，表情达意，抒发个人情感。雨则把情绪发泄在屋后前院，潇潇洒洒，不折不扣落个痛快。雨痛快地落下，我也痛快地创作，好一场夜雨，真是美好。听雨带来韵味，带来荷塘的风趣。

听雨，总是文人之间的事，文人会在其作品中表达听雨有关的内容：著名书法家何元龙老师喜欢画荷花，喜欢听着雨声画着荷花。之前，也是雨天，我在谢池巷温州市工人文化宫何老师的办公室，见过何老师写意的雨荷图；还有著名温州画家戴学正之孙女戴慧女史曾经赠送我一帧扇面，画的内容就是荷韵图，扇面题有唐人李商隐的诗句"留得枯荷听雨声"。

荷叶依旧，诗意浓浓，诗人的境界，画家的墨韵，呈现一幅淋漓尽致的荷塘清韵图。李商隐的《宿骆氏亭寄怀崔雍崔衮》原诗是这样的，我顺便抄录一下：

竹坞无尘水槛清，相思迢递隔重城。

秋阴不散霜飞晚，留得枯荷听雨声。

听雨带来旷世名句。"留得枯荷听雨声"也是这首诗的诗眼，是一句点睛之笔，也是李商隐这样有灵气的人才能吟唱写出的千古诗意名句。

听雨间，心胸大开，欢快无比。之前，写过有关听雨的文章，总觉得听雨有写不完的题材，总觉得表达得不够情词达意。一度再次地写一写，把听雨的文章写得完美些，还是觉得都不够完美。随笔小记，不够深入，表达不出听雨的韵味，达不到听雨的境界，也只能是自写自乐，自求心灵的释放，文不达意又奈何！听得雨声，不辜负雨声。听雨别有韵味，随着深夜逐渐来临，不由睡意遥至。疲惫的心，很快地随着雨声进入梦境。

夜沉烛影摇消去，听得雨声入梦来。

2022年9月27日星期二完稿抄出

漫步山阴道上

——对书法的喜欢

让我们漫步在山阴道上一同领略书法给生活带来的快乐。

我从小就喜欢书法。读小学二年级的时候，村里来了一位姓麻的阿公在村里写春联，记得他在写"乐"字的时候，我就感觉到很快乐。麻阿公写"乐"字，就是一个连笔字，属于行书范畴，麻阿公写的是一个行书的"乐"字。至今不忘。

我喜欢书法有如下 4 点原因：

第一，书法是传统文化。学习书法可以认识很多古老的文字，学习书法可以静心，想要避开俗世的喧嚣就只能在书法的趣味中寻得一丝僻静。书法陶冶情操，锻炼心性，不为俗世烦琐导致心情不佳。坐在书案前练习书法，就能平心静气，什么烦恼的事都不记得。这是练习书法带来的好处，也是我喜欢书法的原因之一。

第二，学习书法有家学渊源。家学情结是割舍不了的。我出生在一个书香家庭，受传统"耕读传家"的家风影响，我的曾祖父、祖父、祖母对书法颇有造诣。

第三，小时候，在老宅到处都能见到书法，中堂、卧室，有古诗，也有刻在柱子上的楹联。在卧室一侧的屏风上，有一首唐人李白的《峨眉山月歌》诗："峨眉山月半轮秋，影入平羌江水流。夜发清溪向三峡，思君不见下渝州。"这首唐诗托在屏风之上，经过岁月磨砺已有万般沧桑之感，但墨迹仍清晰可辨，我对这首诗印象很深。

小时候，生活虽都不富裕，但祖母经常给我买笔和纸，祖母还会教我练书法（写毛笔字），在祖母的熏陶下，我慢慢地喜欢上了书法。

祖母的书法（毛笔字）遍及家里的每个角落，在厨房装酱油、醋的瓶子上，都注明该液体的名字，如"陈醋""老酒""酱油"，每个瓶子贴上标签，标签都是用毛笔写的字。这样不容易混淆，也不会弄错。家里的农具"扁担""稻箩""畚斗"也都用毛笔写"汝南郡周氏"或"周记"等，就连六月天使用的麦秆扇子也都题了字："扇扇有凉风，日日在手中。年年五六月，夜夜打蚊虫。"扇子上的字都出自祖母的手笔。

"练书法"，村里人都说是"写毛笔字"，不讲练书法，我想，称"写毛笔字"比较接地气。现在农村还是习惯性地称"写毛笔字"或者称"写大字"，不称"练书法"。"毛笔字"这三个字，像是"旧时王谢堂前燕，飞入寻常百姓家"。我在小学时有"大字课"，同学们自带笔、墨、纸、砚，下午上课前练一会儿毛笔字。

现在的学校条件更好，也都有开设书法兴趣课堂，有专门的书法教室，喜欢书法的孩子在课后就去书法教室和大家一起练书法。孩子们在山阴道上一同学习"点、横、撇、捺、勾""人、土、大、木、工",一同体验书法线条粗细和结构宽博之魅力。

最后,我记得读小学五年级的时候,学校里来了一位推销"大字水写布"的业务员,不用墨用清水就可以练习书法,觉得很神奇。当时的校长姓胡,胡校长亲自掏腰包说,我学好书法,就买一块水写练书法的"大字水写布"送给我。大字水写布不用墨,比较方便。但大字水写布也有不足之处,练习的字一会儿就消失。胡校长的鼓励,让我信心百倍,更喜欢书法。

从小的一个喜欢,至今还在坚持练习,砚台里的墨就没干枯过,一有空还在临帖、读帖、背帖,我想:我唯一割舍不掉的就是书法。我既然喜欢上书法那就喜欢到底,永不放弃。

如今,更喜欢漫步在山阴道上慢慢地享受着书法给生活带来的无穷乐趣。

2022 年 8 月 24 日星期三于瓯江之畔

贤人居善地　君子重德行

在天津杨柳青古镇，有一座广东会馆。

广东会馆建于清光绪三十三年（1907），是天津市清代会馆建筑。其大门口有这样一副对联："贤人居善地，君子重德行。"在古代，许多商人也称儒商，极重人品，人品高于一切。

自古从商做事历来重人品，重修养。君子要"身修、家齐、国治、天下平"，这是儒家思想，道明了人该做什么，指明了一条明理之路。修身是对自己内在的涵养修养而言，一个人自律，管理好家庭，不要做违法的事，"堂堂正正做人，明明白白做事""有关家国书常读，无益身心事莫为"，从很大角度来说对国家对社会都是有益的。修养从自我开始。治国平天下，这是横向一个大的愿望，是宏伟目标的追求。在古代考取功名，是文士学子人生追求的大事，人人以考功取名为荣，考取功名之后就可以为国家效力。

个人修养要从点滴开始，从自我做起，从管理家庭开始。为人处世都在规矩之内，"君子不逾矩"，不逾矩就是不逾越、不越过，而规矩从为人处事来说就是一种度的把握，也是品德的约束，该做什么，不该做什么，都有度来衡量，由规矩来约束。自由不是想做什么就做什么，自由是我想做什么，但我在约束之内我不去做，这是自由。如果想做什么就做什么那不是自由，那叫放纵，放纵不是自由。自由是在规矩之内，而不是在规矩之外，"君子谋益"取之有道，就是规矩。

常常听说："你太过分。"当一个人做错什么或不符合规矩就"过分"或"不像样"。"过分"或"不像样"，做事太过，就是没有规矩，没有规矩，何来处事的方圆？不按常理就是悖理。凡是你说的话或做的事让别人反感不舒服就不要继续下去，适可而止，否则就过分就不像样。君子重德行，就是重常理，重规矩。最近国家地方都在评选"中国好人""浙江好人""温州好人"，好人是传播一种正能量，传递真善美，是社会或家庭的"润滑油"和"调和剂"，是社区的"和事佬"。难能可贵的是，"浙江好人""温州好人""中国好人"，他们就是在平凡的生活或工作中做出不平凡的事。他们都是重德行重规矩的社会人，是最可爱的人，是"铁肩担道义"的人。

温州叶同仁堂药店门口一副对联，同出一理，也是一副老对联："修合本无人见；存心自有天知。""修合"即修炼。修炼不是一蹴而就，而是一个漫长的过程，本是道家的术语，道家思想。自古医、道不分家，这里是指药材的搭配，内室的功夫，虽然别人看不到，但都是诚心做的，对自己对别人都是问心无愧，也是内在品德修养彰显。

君子重德行，品行第一。

2022 年 9 月 4 日星期日

书痴者文必工　艺痴者技必良

——写在全国青年书法作品邀请展暨
鹿城二十青年书法探索展

一方好的图章让我爱不释手。

对篆刻的痴迷，源于磨石经历。小时候，家里藏有许多古印。

我经常拿这些"石头"当粉笔，在地上写字涂画。我涂画的字越多，石头磨损得也越快。而那些"石头"不单有文字的印痕，每一方印的雕钮更是工艺精湛。这些被我磨掉的都是篆刻刻好的图章作品，是不是名家所治，就不得而知。记得最后被我磨掉的图章的雕钮，是一方很雅致的"暗八仙"芭蕉如意钮。仔细想来尤为可惜。这也给我一个沉痛教训，非要学好篆刻不可。

篆刻艺术是一门综合艺术，离不开文学的修养和书法的基础。汉人治印是技术活，纯是以技凿印铸印，以印治印，是信物。印鉴是信物，在古代军事上用来调动军队的虎符，在来往的公文上的戳记，都需要印鉴，没有印鉴什么事都不好办，这是那个时代的需要。当然，古人留下来的汉印式皆是精品极品。清人治印是汉代之后的另一个高峰，是文人赋予石头的另一种生命，石头因文人而姿态万千，而文人因石头肆意创作，淋漓尽致表达毕生欲望。狠心创作，大胆创作，石头是最好的创作个体。创作是个性的释放，个人情绪完全可以通过石头来表达。清人治印则是以文养印，一方印的背后是文史哲的基础，是文人的修养，是书法艺术的另一种诠释，是金石味的再现。故以文滋印，以修养滋印，印文则生趣也。

此次展现在大家面前的篆刻作品，大多数是应朋友所嘱而治。变化不大，但也是心力呈现，仍有许多不足，乞望诸方家指教为盼。"天下奇秀"印，是为雁荡山一旅游公司命题所刻，初稿设计为元朱文，后想朱文不妥，不能表达雁荡奇秀之美，就用汉满白文阴样式刻此"天下奇秀"四字。虽空间布白空灵，三疏一密，将"秀"字特别处理成密不透风之感，然线条仍显得单薄，厚重度还是不够。而汉式印空间疏密、线条粗细处理都是到最高之境，吾辈确实很难做到古人那种对印的理解和随手拈来，"路漫漫其修远兮，吾将上下而求索"。唉，眼高手低又奈何，奈何。

"书痴者文必工，艺痴者技必良。"这次有幸被选参加"全国二十青年书法作品邀请展暨鹿城青年书法探索展"，能和全国青年一起交流篆刻及书法艺术，互相促进，甚是欢喜。篆刻艺术博大精深，学之不尽，以后要花更多的时间在篆刻艺术的殿堂好好学习。

梅溪周建勇
壬辰夏于九间精舍

一把六角酒壶

在我书房的书柜中有一把祖上传下的"六角酒壶"。

酒壶材质为锡。这把锡壶，整体大气厚重，包浆十足，有历史气息。壶身六面阴刻有梅、兰、竹、菊不同的"四君子"图案，还有一面阴刻着"富贵寿考"4个缪篆篆书字体和一位仕女人物图案，仕女人物刻画极为入神，丹凤眼、樱桃小嘴，罗裙遮脚，婀娜多姿，这种刻画也是清代仕女刻画、描绘的主要特征之一。毫无疑问，这种娴熟手工，应该是属于民间艺人所制。

壶身高17厘米，不包括手柄与壶嘴宽10厘米。壶颈阴刻有梅、兰、竹、菊单独花纹图案，这些图案，用笔简约，刻痕利索，刻痕深浅有度。边角刻有莲枝纹，富有动感。壶盖镶嵌着一颗蓝色玻璃圆珠子，晶莹剔透。这种玻璃珠应该是舶来品，属于进口产品。锡壶虽小，做工精湛，每个细节都透露出工匠的高超手工技艺。壶底下刻有阳文"郑东昌号"等字样。"郑东昌"应该是制作这把锡壶的工匠了。"郑东昌"这位工匠，早就不在人间，但他精湛制作的这把精致绝伦的锡壶却还在流传，他所刻制、描绘的锡壶精彩的图案永远存在，不会消失。

原来不懂"富贵寿考"这4个字，直到后来，随着对篆书的认识，才认得"富贵寿考"4个缪篆篆书字体，对"富贵寿考"的解读应该是：大富大贵长寿，寓意对人生美好的祝福。

这把锡酒壶是从老家周岙带来的，如果不带来早就惨遭厄运葬身火海之中，早就无缘相见。那年周岙老宅被邻居纵火烧毁，能带能搬的都已经安全无恙，幸好奶奶早就把这把锡壶带来，放在双屿寓所，故避免一劫。

小时候，见这把锡壶一直是父亲保管着，直到搬家前，它一直在一个柜子里锁着，从来没有人去打搅它。从老家周岙，再到双屿金堡村，也默默地安放在柜子中，直到双屿金堡的房子拆迁，不得不把这把锡壶随身携带。多次搬家，其他的家具丢的丢，不要的不要，也是丢了不少，唯独这把锡壶依然无恙。每次搬家打包前，这把锡壶我都随身亲自"护驾"，生怕它有所闪失。

"锡壶"温州方言说是"酒置"，酒器，盛酒用。过去，这样精致的酒壶也只能在大户人家才有，用这样精雅别致的酒壶来接待客人，小酌几杯，也是风趣。特别是在岁末年终，每到祭祖时，斟酒所用的就是这把锡壶。在饮酒文化中都有酒壶相随，酒壶材质也颇为丰富，除了锡制酒壶，还有陶瓷酒壶，也有翡翠制作的酒壶。翡翠制作的酒壶当然也是名贵之酒壶，也是稀缺之物。酒壶，在中国酒文化中也是不可缺少的。

记得，在泽雅乡间每遇红白喜事，摆设宴席时，泽雅纸农都用锡壶来斟酒，每桌两把装满的酒壶，加酒给在场的亲朋好友喝，每人一小杯，喝完再斟酒。宴席间，有专门的相帮人，在酒桌上巡逻，看看哪一桌"酒置"没有酒了。小小的酒壶当然不能阔饮海喝，那酒杯也很小，只能适当地喝点小酒。只要你喝完了杯中的酒，就会有相帮人，再来为你添加。相帮人都是随时待命，随时为你服务，等你喝完酒，再继续给你斟酒。

我的家乡周岙，20世纪80年代初，摆设宴席，特别是婚宴，没有现在丰富，一般都是"八盘五"，即8盘冷菜和5盘热菜，酒桌上没有红酒，更没有茅台，只有自酿的老酒，白酒都是泽雅周岙纸农自酿的农家烧。客人也都尽兴喝酒，为了喝酒气氛，客人们偶尔也会相互"划拳"，以助酒兴，"划拳"输者罚酒一杯。有酒壶，也必有美酒相伴，美酒配佳壶，一把精致的小小酒壶，它能带给饮酒者也是诗意般的风雅。

现在，这把锡壶也退出生活圈，也没有谁再启用锡壶斟酒了。这把锡壶就成了我的珍藏品，将一直在我的书柜中静静地摆放着。

一把小小的锡壶承载着一段历史，也承载着一段家族的荣耀。我会一直珍藏着它。

2022年9月28日星期三

沉睡中的美人——闲话青田石

"沉睡中的美人"是青田石雕工艺美术大师倪东方的石雕作品，采用青田石名品"封门青"原石雕刻而成。此件作品构图简约，线条流畅，极富想象力，像一位美人熟睡的样子，启发人沉思。这件石雕作品现藏青田县石雕博物馆。

——题记

沉睡中的美人，"她"很美。

闲话青田石，我用"她"这个字，来代替对青田石的称呼吧。

她在青田山口的封门山已经沉睡上亿年，她昏昏沉沉地一动不动，她是一种变质的中酸性火山岩，也叫流纹岩质疑灰岩，主要矿物成分是石叶蜡石，还有石英、绢云母、硅线石、绿帘石和一水硬铝石等。"叶蜡石"，这名字是地质学家给起的，她早在六朝时期已经被惊动，在宋代就已经有文人发现她的美，用来镌刻图章。

她含蓄内敛，颜色丰富，有红、黄、蓝、白、黑等。岩石的色彩与岩石的化学成分息息相关，三氧化铁含量高就呈红色，三氧化铁含量低就呈黄色，更低时为青白色。岩石硬度中等，其硬度适合篆刻图章。她姐妹众多，姐妹们的名字个个艳而不俗，"封门青""酱油冻""鱼脑冻""灯光冻""竹叶青"等，都是文人喜欢的款式。

传说，一位仙姑来到了一座高高的青山，这山就叫"封门山"，见正在砍柴的一后生，看他愁眉苦脸，为生活劳心劳累，想帮助他，让他改善生活，就摇身一变，变成一块"封门青"。她躺在了草丛里，后生一见心生欢喜，看她清纯，似玉非玉，样子很是可爱，就将她偷偷地藏在衣袖之中。从此之后，这位后生天天去捡到石头的地方再去挖石头，把石头稍微地雕琢，仿造动物的样子，在街市上叫卖，赚了不少的钱，比砍柴度日好。后来，越来越多的村民发现封门山有奇珍异石，就不断地去挖掘开采。

沉睡中的青田石一度被惊醒，必是惊天动地。青田这个名字"养在深闺人不知"，后来也逐渐被外界深知，众多的文人雅士慕名而来，都想要得到一块青田美石，也都想得到深闺中的"她"。据青田县志记载：青田因太鹤山下田盛产青芝，而取县名为芝田，后改名为青田，青田石也因地而得名。

青田山清水秀，素有洞天福地之称。石门洞是刘伯温少年读书得天书的地方。他曾以一方青田石博得朱元璋封赏，一直到辅佐朱元璋成就大业，成为一代千古帝师。南朝山水诗鼻祖谢灵运曾将石门洞誉为"东南第一胜"。青田有着优美的人文景观，历来都是游览胜地。在青田被人称为"人间仙境"的太鹤山更是充满神话色彩，令人向往。"何事别寻仙境界，此山原是鹤家乡"，唐代清溪道士曾隐居此山养鹤、炼丹，后得道成仙。

　　青田的山，青田的石，石不能言最可人，她悄悄地顺着瓯江沿江顺水而下，投入更多文人的怀抱之中。她的温柔细腻令文人遐思，使之弄刀舞石，成就许多惊世大作。文彭、何震、邓石如、赵之谦、吴昌硕都迷恋于她，"琴罢倚松玩鹤""放情诗酒""江流千尺断岸有声""为五斗米折腰""明月前身"，一枚印章文辞雅美，意境深远，流传千古，造就古拙、清秀等印风，各美其美，流派纷呈。

　　闲话青田石，山以石美，青田以石闻名。青田"猴子"闯天下，石雕猴子漂洋过海远售欧洲，一时成为佳话。我也酷爱篆刻，迷上了青田石，每次去青田总有一种莫名的兴奋，因为青田有美石在等着我。

我与民盟

要说我和民盟的关系，还是很有渊源的。

这得从我的曾祖父说起。曾祖父周渭夫生于 1895 年，字梦熊，号渭夫，永嘉（今属瓯海泽雅周岙）人，是民盟"永嘉五人小组"创始人之一。曾祖父于 1922 年留学日本明治大学，攻读法学。据有关档案查询得知，当时曾祖父履职情况大致是这样：1930 年在杭州加入中华民族解放行动委员会（解委会）交叉民盟；1934 年 2 月任绥远省教育厅秘书；1936 年返温任永嘉县教育局巡视员；1940 年任三溪区国民党区分部书记、天源乡乡长、永嘉县参议员、永嘉地政处分主任等职，也曾担任国民革命军军部秘书等要职。

1946 年 2 月，曾祖父同叶显文、游止水、刘焯、董辛名在温州成立民主同盟永嘉五人小组，并开展爱国宣传。

1946 年内战爆发，许多爱国政团受到要挟，国民党认定民盟是非法组织，到处抓捕爱国积极分子，残杀爱国志士。曾祖父在如此恶劣的环境下，以生意人的身份掩饰自己，保持与民盟中央秘密联系，用密语以进货的方式给组织写信，向民盟中央报告地方情况，表示"一切安好"，请组织放心。

儿时在祖母身边，常常听她老人家说起曾祖父东瀛留学的事。祖母回忆说，曾祖父曾经把在日本一边读书一边给别人誊写文书辛苦赚来的钱捐助修建学校（将本票交给友人，带给谷寅侯筹建瓯海公学，现在的温州四中前身）；并热心公益，时常捐赠衣物或粮食给贫苦百姓，为百姓打抱不平。我对许多儿时的记忆已经模糊不清，但对曾祖父捐资助学、热心公益的事，始终记忆犹新。曾祖父的爱国情怀深深地感动着我。曾祖父是民盟温州发起人之一，这件事我也是几年前才知道，也算是遗憾中的惊喜。

2019 年 8 月，瓯海区统战部在嘉兴党校举办党外人士培训班，我有幸认识了中国民主同盟瓯海基层委的领导戴刚主委，我当即有强烈意愿加入该组织。经戴主委介绍，我于 2019 年 12 月加入中国民主同盟瓯海总支，担任教育一支部组织宣传委员，成为民盟的一员。2022 年，温州盟市委成立温州民盟盟史研究学会，组织推荐我为研究会副会长，倍感荣幸，真是光荣之至，感觉责任与使命重大，不敢粗心怠慢。从此，听从民盟组织安排，组织安排我做什么我就做什么，作光作盐。

人的成长需要不断进步，而我的思想进步就是需要在民盟的这棵大树呵护下、组织下不断用新知识装备自己，鞭策自己，提升自我。在专业上我也不断地努力着。2020 年 5 月 18 日，篆刻作品《生命重于泰山》《大爱无疆》被浙江省档案馆永久收藏；同时，热衷于担任地方文献党史的编辑，2020 年 6 月执行编辑瓯海党史《瓯海红色风云》一书；也热衷服务于社会公益，多次配合瓯海民盟社会委员会，积极组织联系学校普法进校园活动。

我在民盟的这一年，平凡而又不简单，我遇见了许许多多优秀的前辈，我参与了社情民意的撰写与民主监督，感受到了社会的进步、组织的关怀以及祖国的强大。面对未来，我将与民盟组织一起，奋勇向前，努力进取，共赴美好未来。

遥望窗外，天空甚美。加入民盟，心生欢喜；我与民盟，水乳交融。晚霞在天那边依然涂抹着自己的枫叶般的色彩，渲染展示着自己独有的风采，夏风亦然，我心努力，晚霞也催促我进取呢！在民盟正确的领导下，我定会积极工作，努力学习研究中国民盟盟史与地方民盟盟史，用实际行动履职尽责，工作尽心。我诚挚发自内心地表白：我爱中国民主同盟。

我与民盟的点滴虽然算不得什么，但是我感受到民盟这个大家庭满满的温暖。自加入民盟组织后，第一次享受到在生日的当天收到民盟瓯海基层委精心安排赠送的生日蛋糕，教师节收到来自组织的慰问信，民盟真的暖心之极。

要说民盟到底为什么吸引我？就是热爱祖国、服务社会不变的宗旨吧！

2022 年 9 月 18 日星期日再次改稿

苔花如米小

（潇洒在微言）

苔花如米小，也学牡丹开。
微言微信最率真。

潇洒在微言

1. 多字印

篆刻一枚多字印："江山留胜迹，我辈复登临。"多字印，印面不好设计。

2022 年 1 月 2 日

2. 努力向前

新的一年里，感恩的是忘记背后，努力向前；重新得力，更新生命，坚定信念。

2022 年 1 月 4 日

3. 腹有诗书气自华

刻古人句："粗缯大布裹生涯，腹有诗书气自华"。

2022 年 1 月 5 日

4. 古人气节

方介堪先生曾刻过此内容：闲来写就丹青卖，不使人间造孽钱。——唐寅句

2022 年 1 月 8 日

5. 文人胸怀

刻"不可居无竹"印,附边款。不可居无竹,是文人情怀。

作品"不可居无竹"

2022 年 1 月 13 日

6. 杜甫诗句

篆刻:"花径不曾缘客扫,蓬门今始为君开。"规格 4 厘米,拟三晋官印。

2022 年 1 月 15 日

7. 因为疫情

今晚线上家长会。

2022 年 1 月 21 日

8. 悠闲时刻

落雨,喝茶,室内最佳。

2022 年 1 月 22 日

9. 音乐的境界

篆刻一枚"双鹤听泉",拟蟠条式印。《双鹤听泉》是古琴曲,余很喜欢。

2022 年 1 月 23 日

10. 得情勿喜

篆刻蟠条式印"得情勿喜"。语出《论语·子张》。

2022 年 1 月 26 日

11. 三阳四序

三阳始布，四序初开。在虎年春节到来之际，恭祝大家新春快乐，虎年大吉！

2022 年 1 月 31 日

12. 春的气息

赏画。古画中，春的气息扑面而来。

2022 年 2 月 12 日

13. 节制生活

节制是生活中的车刹，生活需要节制。正月十八，诸君早安！

2022 年 2 月 18 日

14. 艺术节序曲

小儿篆刻练习，为学养节努力。

2022 年 2 月 19 日

15. 瓦当留痕

瓦当，一片片瓦当留有岁月的痕迹，也有儿时的记忆。

2022 年 2 月 22 日

16. 夜饮

米酒，色浓，味醇，能饮一杯无。

2022 年 2 月 24 日

17. 防疫在坚持

不信谣，不传谣，相信政府。居家学习，不外出。保护好自己，就是保护好身边的人。

2022 年 3 月 10 日

18. 艺术是美的享受

小儿参加学校学养节花艺、篆刻比赛。

2022 年 3 月 16 日

19. 读书解惑

书犹药也，善读可医愚、可解惑。

2022 年 3 月 18 日

20. 晨间雅韵

一切美好从早晨开始。

2022 年 3 月 19 日

21. 走近古人

落雨，读印，功夫在印外。

2022 年 3 月 20 日

22. 疫情的代价

疫情的代价太大。祈祷疫情早日结束。

2022 年 3 月 25 日

23. 乐意志愿

参加高铁站志愿者活动。我志愿，我乐意。

2022 年 3 月 25 日

24. 快乐学习

每天学一点点，不怕慢，只怕站。学习是一件快乐且欣慰无比的事。通过学习获得你想要的东西，岂不美哉！

2022 年 3 月 26 日

25. 欢快之心

你一定要愉悦欢快，任何物质的缺乏、疫情的搅扰，都不能撼摇你的愉悦欢快之心。诸君早安！

2022 年 3 月 26 日

26. 使人欢悦

"太阳如同新郎入洞房，又如勇士欢然奔路。"

2022 年 3 月 26 日

27. 樱花烂漫

泽雅大道，龙溪之畔，正是樱花烂漫时。

2022 年 3 月 28 日

28. 不要聚集

疫情期间，人多场景要远离。

2022 年 3 月 28 日

29. 清和景明

气清景明：清明，二十四节气之一。篆刻作品温州博物馆藏。

2022 年 4 月 5 日

30. 芳菲四月

篆刻"人间四月芳菲尽，山寺桃花始盛开"。意境从心里来。

2022 年 4 月 9 日

31. 永不失约

名章是永恒的主题。

2022 年 4 月 13 日

32. 珍惜时间

忽然觉得时间是那么宝贵。早起的那点事……早安，诸君！

2022 年 4 月 16 日

33. 难得今夜雨

今夜，雨，留客，茶，静听雨声。

2022 年 4 月 27 日

34. 家乡怡景

流水无弦溪涧漱。周岙岩下潭重新修建丁步，景致可观。

2022 年 4 月 29 日

35. 时代优势

在泽雅第一小学美术室。学生今天参加"西泠·天元杯"首届全国青少年书画大赛决赛（网络远程视频比赛），周寒涵、史心怡、范奕翔、陈睿妍参加网程赛。

2022 年 5 月 2 日

36. 生活情趣

从闲淡中寻求生活的意趣。诸友平安!

2022 年 5 月 3 日

37. 自由清逸

采得菖蒲归。菖蒲来自泽雅山涧。

2022 年 5 月 5 日

38. 仙境

关于《仙境》……感谢哲贵兄赐书题字:

"读书就是认识自己。"

周寒涵小友惠正

哲贵

2022.5

2022 年 5 月 7 日

39. 时光真美好

美好的时光总是悄无声息。

2022 年 5 月 7 日

40. 怀念母爱

母爱是一盏永不熄灭的灯。

2022 年 5 月 8 日

41. 蟠条遐思

篆刻蟠条式印，曲径通幽。蟠条印是唐宋时期的一个高峰。

2022 年 5 月 10 日

42. 那时募捐

汶川地震，在鞋都一小。那年带着学生一起募捐，一晃14 年。

2022 年 5 月 12 日

43. 有此佳人

从来佳茗似佳人。

2022 年 5 月 12 日

44. 纸山风情

林老师著《闲谈嬉说忆泽雅》，延续纸山的风土人情，述说纸山的那点风花雪月。

2022 年 5 月 20 日

45. 走近白石老人

阴天，喝茶，读《白石老人自述》。

2022 年 5 月 21 日

46. 八大遗韵

青田石历来为文人墨客所爱。江西发现八大山人两枚青田石

184

用印。据说是青田封门青。

2022 年 5 月 21 日

47. 山涧碓声

纸山行，水碓声。

2022 年 5 月 22 日

48. 又见天真

课堂上的那些画：稚嫩的笔触是率真的流露。

2022 年 5 月 25 日

49. 瑞安古郡

落雨，承雨堂赏古印。承雨堂雨辉兄书斋名。遇国光兄。

2022 年 6 月 13 日

50. 未来可期

可豪中考，寒涵陪同。早上送哥哥中考。吉庆时分拜谒温州盟史馆，小儿在先高祖简介前留影。

2022 年 6 月 17 日

51. 线上趣事

由于疫情，寒涵参加杭州少年书画院视频考试。

2022 年 6 月 19 日

52. 罗山胜境

茶山罗胜村喜事。

2022 年 6 月 22 日

53. 云樾观岭

应邀参加台州房开书法活动。热天写"福"字，如蒸桑拿耳。

2022 年 6 月 23 日台州

54. 苍南之行

烈日炎炎马站行。民盟活动。

2022 年 8 月 7 日

55. 临帖漫谈

从临帖到创作是一个漫长的过程，临帖好比十月怀胎，创作则是一朝分娩。临帖与创作且似胶如漆，始终是不能分割。

2022 年 7 月 29 日

56. "红色印记"军事夏令营

今天，小儿参加由鹿城区人武部、鹿城区教育局举办的第二届"红色印记"军事夏令营，准备迎接一次如雏鹰展翅般的蜕变。感谢区教育局、区人武部，精心准备安排此次军事夏令营活动。

据悉，此次活动由鹿城区教育局管辖的各所中学校选出优秀学生代表参加"红色印记"军事夏令营活动。追逐梦想，未来可期。愿孩子们过一个与众不同的假期之营，书写与众不同的假期生活。

2022 年 8 月 1 日

57. 如鹰展翅

小儿第一次离开家参加军训，不免有些不舍。家里没了玩手机时的"咯咯"声，几次叫孩子开门，一想儿子不在房间，心里有点空落。希望孩子在这次军事夏令营营会中学会刚强，学会自律。

2022 年 8 月 2 日

58. 与人为善

人什么都可以伪装，唯有善良、诚实、谦虚是品质内在的流露，却不能伪装。早安，诸君！

2022 年 8 月 8 日

59. 繁简知趣

"陆游"应该写成"陆游"，不应该写成"陆遊"。

2022 年 7 月 31 日

60. 精神上要富足

精神上贫穷乃真贫穷。觉得学的东西不够用。

2022 年 7 月 26 日

61. 党校夏韵

2022 年瓯海区统一战线代表人士培训班圆满成功举办。感谢瓯海区统战部精心组织，感谢社会主义学院后勤辛苦付出，收获满满，祝同学们学以致用，在实际工作中积极履职，主动担当。

2022 年 7 月 22 日

62. 齐鲁访碑

2018 年 8 月 6 日，由《青少年书法》杂志社主办的"齐鲁访碑"全国第八届青少年书画现场大赛总决赛已在山东落下帷幕。我工作室学员范雪冰获得此次大赛银奖、张添获得铜奖。此次大赛让孩子受益颇多，他们同台竞技，相互学习，看到同龄人的长处的同时，能知道自己的不足，艺无止境，并表示再接再厉，争取更好的成绩。成绩会过去的，只有不断努力，敬畏书法，勤苦训练，才不负初衷。

赛后，组委会组织孩子们采风活动。在泰山，让孩子们历览泰山的雄伟；孔庙、岱庙让孩子们亲历历代碑刻的伟大，可以近距离地触摸到自己所临习的碑刻就屹立眼前，碑刻殿堂，古碑林立：《礼器碑》《乙瑛碑》《史晨碑》《张猛龙碑》《泰山刻石》

《张迁碑》《衡方碑》《北魏刻石》等。在古碑面前，孩子们既兴趣，又迷茫，幸得老师精彩讲解，才明知一二。难得"齐鲁访碑"这一活动，给每一个参赛的孩子又一次历练。历练一次，进步一次。

在此，特别感谢谷松章老师给孩子们搭建的此次平台。

最后，感谢《青少年书法》杂志社，感谢各位老师！祝《青少年书法》杂志越办越好！

63. 戴武老师评小儿篆刻"沁园春"印

（1）首先这个"沁园春"三个字要懂它的意思，"沁园"放在一边，"春"字放在另一边，这个就合理了。从整个印面来看，小周刻的这方印章还是挺合理、合情、合法的，基本上线条很纯正，是一种汉式印的线条性质，有它的独到性，也有它的难度。

小儿篆刻"沁园春"

（2）通过这方印章"沁园春"的刻写，首先我认为我所要批评的是你本人，周建勇应该是先给他一个规划，因为什么呢？他的文化的常识，你应该给他一个摸底，你让他在内容上面不要出任何差错，这样，在篆刻方面就能够跟得上来。总的来讲，这方印章刻得是不错的，还要继续努力。

64. 戴武老师评小儿篆刻"喜春来"印

把所有的线条，起笔和收笔处都要略加上小方头，它的感觉就会有一点像汉式印的样子。另外，细线条当中，可能略微还要粗一点，不要太细。

总的印象，感觉这方印章刻得还是比较准确的，也很端方。

小儿篆刻"喜春来"

65. 谈戴武老师书法

浓淡枯湿是艺术语言，也是笔墨语言，更是艺术者心灵情趣的表达。戴公的手稿行书通篇淋漓尽致洒脱，呈现在面前的是大气磅礴，令人心生遐想。戴公是吾辈学习之典范。

66. 谈烂铜印

烂铜印三个条件：首先，要是汉代的文字；其次，正确使用切刀法，而不是冲刀法；最后，盖出斑驳、古雅的感觉。缺一不可。

67. 雁素花开　2022 年 8 月 20 日　星期六　晴

雁荡明雪兄酷爱雁荡素心，今晨，发图，见雁素花开甚美，明雪兄赋诗吟赞，余随和之：

次韵明雪兄雁荡素心兰

紫茎绿叶胜花王，野草丛中露丽芳。

雁荡山中幽逸韵，九间书屋咏兰章。

注释：

花王：指牡丹。

兰章：指好的文章。

68. 山水温州

荣誉总是在风雨后。荣获首届中国（温州）山水诗电波旅游节征文大赛特别奖。此次大赛由温州市旅游局、温州市交通广播联合举办。

2012 年 11 月 18 日

69. 一种心态

今刻"冰壶秋月""伏久者必高飞"，朱文小章二枚。

2012 年 12 月 6 日

70. 古都冬韵

教育部首届书法教学与创作高级研修班于今天上午在北京西城区高等教育出版社四楼开课。担任此次研修班的导师有：欧阳中石先生、张旭光老师、胡立民老师、刘文华老师、言恭达老师等。

2012 年 12 月 17 日

71. 难忘时刻

中午与胡立民、张旭光及乙庄老师一起用餐。

2012 年 12 月 23 日

72. 青田生美石

元旦去青田搜罗石头，去山口乘坐的巴士，终于换了新的款式。

2013 年 1 月 1 日

73. 秋水横波

题句：秋水横三尺，出手何惊雷。

2013 年 1 月 8 日

74. 牛杂酒事

久未去牛杂馆，今约一二书友，喝三四瓶啤酒，聊最近喜闻乐见。

2013 年 1 月 13 日

75. 新联会会议

瓯海区新的社会阶层人士联谊会第一届会员年终大会于今天下午在阿外楼假日大酒店举行。会议等待中。

2013 年 1 月 19 日

76. 巧工司马

今天特兴奋，收到巧工司马倚桥兄的墨宝和"梅溪周建勇章"篆刻大作。墨宝有待装裱，谢谢倚桥兄。

2013 年 1 月 23 日

77. 楼曰奇石

今访奇石楼。赏奇石楼兰花、红梅、菖蒲。

2013 年 1 月 27 日

78. 雨后翠竹

雨洗娟娟净，风吹细细香。深夜偶作《竹石图》。

2013 年 1 月 28 日

79. 惊喜时刻

感谢胡立民老师来电鼓励。

2013 年 1 月 29 日

80. 明月初斜

"鸣钟犹自韵，明月正初斜。"拟金文书之。

2013 年 1 月 30 日

81. 一日之事

温州市第五届青少年书法展布展中。

2013 年 1 月 31 日

82. 墨池雅韵

墨池公园书法家送春联活动。喜得马亦钊老师、吴佐仁老师墨宝一帧。巧遇顾书华老师。

2013 年 2 月 1 日

83. 书法轶事

2012 年温州市书法家协会教育委员会年会。张索老师与会。

2013 年 2 月 1 日

84. 墨香逸韵

"雨过琴书润，风来翰墨香。"昨天求得何元龙老师春联一副。感恩！

2013 年 2 月 2 日

85. 秋水文章

昨天求得马亦钊老师八字词语"春风大雅，秋水文章"。本来是"春风大雅能容物，秋水文章不染尘"，七言一联，由于对联纸限定五言，则变成四字共八字联。马亦钊老师说："无妨。"

2013 年 2 月 2 日

86. 山在烟雨中

去泽雅途中，遇大雾，天空灰蒙。

2013 年 2 月 2 日

87. 春暖花开

应邀参加社区写春联活动。

2013 年 2 月 4 日

88. 故里寻春

今天上午在王瓒故里写春联活动。

2013 年 2 月 6 日

89. 小荷才露

下午参加温州市小作家、小书法家联谊迎春联欢会活动。

2013 年 2 月 6 日

90. 古村春事

在周岙参加写春联送春联活动。此次活动由瓯海区新的社会阶层人士联谊会牵头，瓯海区书法家协会协助。

2013 年 2 月 7 日

91. 群贤毕至

《水仙图》清心倚泉石。新春第二幅画。

2013 年 2 月 12 日

92. 坚贞自抱

岁寒三友，岁首三日画之。

2013 年 2 月 13 日

93. 书屋画兰

初六。凌晨写兰三幅。

2013 年 2 月 15 日

94. 书房留影

与王珠兄在叶慧敏兄书房合影。

2013 年 2 月 15 日

95. 长者关怀

与寇绍恩先生交谈。

2013 年 2 月 20 日

96. 泽雅小聚

正月十三，余同董斯丹老师、周和民老师及和民女儿，相聚在泽雅新西雁人家。

2013 年 2 月 22 日

97. 新春笔会

温州市书法家协会癸巳新春祝福笔会在温州市华侨饭店举行。下午有关领导致辞讲话。

2013 年 2 月 23 日

98. 童趣可爱

开学的第一天。建设小学小南门校区，校舍没装修好，操场的塑料毡不见了，有点不一样。学生与往常一样，依然是那么天真可爱。

2013 年 2 月 25 日

99. 古帖真趣

今晨，办公室读文衡山行草千字文帖。

2013 年 2 月 25 日

100. 未来可期

参加温州市小作家、小书画家联谊迎春晚会。会后与小作家、小书画家们合影。

2013 年 2 月 25 日

101. 意在古籀

金文临习。乌牛杨乐女史留言：好久不见你微信了。

2013 年 2 月 26 日

102. 九间书屋

"九间书屋"。喜得林曦明先生题斋号一帧，不过花了一万元人民币啊。

2013 年 2 月 28 日

103. 上元书事

北京。参加上元雅集，听刘颜涛老师讲篆书。

2013 年 3 月 2 日

104. 酒狂不狂

听著名古琴大师徐永现场弹奏《酒狂》。

2013 年 3 月 3 日

105. 山居有茶

下午，闲暇之余，偶写《山居图》一帧，赠友。并题："尽觉山中日月长，何心更梦白云乡。池塘夜滴梅花雨，墨坐占城一瓣香。"出自宋代诗人钱时的《一斋夜坐》。

2013 年 3 月 4 日

106. 培养兴趣

吾儿可豪涂鸦。太阳与仙人掌，还有枇杷。

2013 年 3 月 4 日

107. 龙泉青韵

缪盛焜先生赠龙泉青瓷茶具一套，特别精致，甚喜！

2013 年 3 月 6 日

108. 福如东海

叶益鸣老师生日。谢谢叶老师盛情款待，感谢！

2013 年 3 月 10 日

109. 人比黄花瘦

刻菊花一枚。边款：茶已熟，菊正开，赏菊人来不来。癸巳正月，建勇。

2013 年 3 月 11 日

110. 摘抄趣文

先改变自己。"当我年轻时我梦想改变世界；当我成熟后，我发现我不能改变世界，我将目光缩短，决定只改变我的国家；当我进入暮年，我发现我不能改变国家，我的最后愿望仅仅是改变一下家庭，但这也不可能。当行将就木，我突然意识到：如果一开始我仅仅去改变自己，我可能改变家庭、国家甚至世界。"

——威斯敏斯特教堂碑文

2013 年 3 月 13 日

111. 怀念六亩地　2013 年 3 月 25 日，星期一

中午，建设小学小南校区"六亩地"，与池老师、侯老师、郑老师等共进午餐，同事厨艺超棒，菜品味道极好。

112. 楚州雅集

今晚玉环聚餐，很高兴与志初兄宋开智兄相遇。

2013 年 3 月 25 日

113. 老子诞辰

楚州文化交流。"翰墨飘香楚州，弘扬道德文化"暨老子2584 周年诞辰纪念活动。

2013 年 3 月 26 日

114. 宝墨留念

与西泠陈墨先生合影。喜得陈墨先生墨宝一帧。

2013 年 3 月 26 日

115. 龙岩书事

董倚桥兄在龙岩授课。相约来温。

2013 年 3 月 29 日

116. 江心夕照

下午陪同董倚桥兄畅游温州江心屿。

2013 年 3 月 31 日

117. 书屋风雅

晚上，倚桥兄造访九间书屋。

2013 年 4 月 1 日

118. 传经送宝

董倚桥兄在温州开元集团授课。与会者来自温州各县市区书法教育工作者。晚间张索老师等陪同用餐。

2013 年 4 月 2 日

119. 受益匪浅

昨天下午，邂逅的阳光露出笑脸，给温州大地带来一片春意。中书协培训中心董倚桥老师应温州市书法家协会教育委员会邀请，在开元集团 17 楼会议室做"关于书法文化及书法（创作）"教育讲座。此次讲座内容为以古为本，结合实际情况，继承传统的同时，高度领悟书法文化的内涵，高度了解中国书法文化的博大精深。课间，董老师很有启发性地一一点评委员们的临作，从用墨到用笔，一一演示，委员们感受颇深，受益颇多。

2013 年 4 月 2 日

120. 不游雁荡是虚生

拾级瀑中折，零落洒天珠。与董倚桥兄游雁荡。

2013 年 4 月 3 日

121. 媒体报道

昨晚温州公共民生频道报道此次中书协培训中心董倚桥来温讲座。

2013 年 4 月 6 日

122. 戴慧女史

癸巳三月，造访戴慧女史书画工作室。戴慧，戴学正先生之孙女，善画。

2013 年 4 月 8 日

123. 央视之约

北兰亭上巳节雅集晚会，欧阳中石老先生致辞。

2013 年 4 月 12 日

124. 绿水青山

万客丰果园。一阵清风，一杯瓯柑茶，一片竹海，一潭碧水。

2013 年 4 月 24 日

125. 云中锦书

万缕乡愁书素友。

2013 年 4 月 27 日

126. 党派活动

今天下午，纪念中共中央发布"五一口号"65 周年暨"同心杯"趣味运动会在瓯海区体育馆举行。晚上，在金洲大酒店举行联欢晚会。瓯海区党外人士参加活动。此次活动由瓯海区统战部主办，各民主党派协办。

2013 年 5 月 7 日

127. 最美肖形

刻"朱雀"肖形图一枚。汉肖形有此图，意仿之。

2013 年 5 月 8 日

128. 勤劳是宝

孩子不要忘记："一分耕耘十分收获，勤劳是最美的品德。"

2013 年 5 月 9 日

129. 山阴道上

癸巳暮春，绍兴博物馆观展。与吾儿可豪参观鲁迅故居。

2013 年 5 月 12 日

130. 古色酸枝

喜得酸枝文盆一个，甚喜。

2013 年 5 月 19 日

131. 农家美味

曹坪农家"田鱼螺蛳"特色菜。

2013 年 5 月 29 日

132. 节日快乐

顶着烈日，伴着遮阳伞。建设小学小南校区孩子们的"六一"儿童节会演，节目精彩，也忙坏了老师与家长们。

2013 年 5 月 30 日

133. 巴林遗韵

感谢陈出新老师为我治印，这方巴林鸡血石"周建勇印"章，已经收藏 20 余年。

2013 年 6 月 5 日

134. 清香徐来

早课：幽谷清香。扇面一帧。

2013 年 6 月 8 日

135. 书法进校园

今天下午，温州市书法家协会教育委员会一行 9 人驱车来到永嘉县昆阳乡中心小学，开展书法进校园活动。

2013 年 6 月 9 日

136. 快雪时晴

早课：与古人对话，晨临《快雪时晴帖》一帧。王羲之的寥寥数语，成千古名帖。

2013 年 6 月 9 日

137. 喜遇恩师

与叶萌春老师合影。自拜师以来第一次与叶老师合影。

2013 年 6 月 11 日

138. 茶山杨梅

忙摘酸果翠木中。

2013 年 6 月 12 日

139. 五月端阳

"诗书金石颂端阳"雅集暨温州市书法家协会诗词委员会成立，现为诗词文史委员会。与王客先生合影。

2013 年 6 月 13 日

140. 寻味古人

早课：临《奉橘帖》一帧。王羲之的日记尤为珍贵。

2013 年 6 月 14 日

141. 嫩蕉春芽

清晨，窗外，落雨。偶书蕉叶砚铭铭文："嫩蕉叶，抽春芽。试作书，开心花"。九间书屋，建勇。

2013 年 6 月 16 日

142. 庭院净，可读书

在温州市区吉士坊巷，曾祖父的庭院也宽敞，当时也算是豪宅，接待夏承焘先生也是理所应当。在《夏承焘日记全编》多次记载移居在曾祖父家。夏承焘日记一则说："1932 年（正月十八日），今日移寓起吉士坊巷十一号，渭夫家，甚洁净，可读书。"又一则说："1933 年 7 月 4 日，晚移行李寓渭夫家，渭夫招止水及予夫妇小饮。"文人之间偶尔小饮也是美事。所谓的"小饮"，应该就是小酌而已。止水（游止水）是他们的大舅子。一家人其乐融融围坐一炉畅谈甚欢耳。（夏承焘夫妇就住在我曾祖父家）

143. 喜得封门青

花 30 元，买了一方老封门青。温润，手感颇佳。

2013 年 6 月 17 日

144. 鱼子别趣

喜得一袖珍鱼子砚台。姜志兄割爱。

2013 年 6 月 17 日

145. 翡翠心印

刻翡翠印一枚，三小时完成。

2013 年 6 月 19 日

146. 孤山寻踪

西子湖畔，参观西泠博物馆，游孤山"印学宗地"。

2013 年 6 月 25 日

147. 金石延年

刻青金石章一枚。

2013 年 6 月 28 日

148. 知足是福

晚课：临王羲之知足帖。

2013 年 6 月 29 日

149. 笔搁小趣

废物利用：小叶紫檀边角料做一个笔搁。一个下午，全手工，费劲。

2013 年 7 月 3 日

150. 白垟探幽

访青田山口白垟矿洞，洞口凉风习习。

2013 年 7 月 3 日

151. 山野之趣

中午，青田一农家乐。环境优雅古朴，颇有田园山野之趣。

2013 年 7 月 13 日

152. 近况可好

台风。夜临王羲之《近得书帖》一帧。

2013 年 7 月 14 日

153. 山水之间

周末。忙里偷闲，带着小儿游泽雅，在泽雅看山看水。

2013 年 7 月 15 日

154. 玉兰花开

国画《玉兰花开》，洁欧女史赏之。

2013 年 7 月 15 日

155. 海棠诗韵

篆书一联："广平有梅花赋，少陵无海棠诗"。

2013 年 7 月 25 日

156. 古道幽径

癸巳暮夏，约一丽人，游岚㵎古道，迎山间小涧而上，但见古木葱葱，流水潺潺。远处，野花丛中蛱蝶翩翩，涧旁野果垂滴，微风徐徐，好一个酷热的夏天，却感万倍清风，心中颇感凉意。

2013 年 8 月 5 日

157. 山海之约

为湖南益阳交流展准备书法作品。

2013 年 8 月 25 日

158. 韭花清味

上午临《韭花帖》。感谢胡老师教导，不断努力中。

2013 年 8 月 28 日

159. 书室增辉

朱悦东大兄书法作品已经镜框装裱，使书室生辉。唯装裱不太满意，裁边不整齐。

2013 年 8 月 30 日

160. 欲望无边

过去读过一首诗，很刺骨说人性的一个普遍问题——"欲望"。我誊录一下，与大家分享：

终日奔波只为饥，方才一饱便思衣。衣食两般皆具足，又想娇容美貌妻，娶得美妻生下子，恨无田地少根基。买到田园多广阔，出入无船少马骑，槽头扣了骡和马，叹无官职被人欺。县丞主簿还嫌小，又要朝中挂紫衣，做了皇帝求仙术，更想登天跨鹤飞。若要世人心里足，除是南柯一梦西。

——佚名

161. 晨读

晨读林语堂先生的《苏东坡传》。之前读过几次，但这次觉得林语堂先生把苏东坡在黄州的经历和心境写活了。

2022 年 10 月 11 日

162. 谈书体（甲骨文、金文、大篆和小篆）

甲骨文是远古的文字。什么是甲骨文呢？甲骨文就是指殷商时期出土的刻在龟甲和兽骨上的文字。而金文则是指殷周时期铸刻在青铜器上的文字。大篆就是秦始皇统一六国以前的所有文字统称为大篆，包括甲骨文、金文（钟鼎文）、籀文、古文等。而小篆是与大篆相对而言的。秦丞相李斯修订、整理的秦篆称为小篆或称秦小篆。

2013 年 9 月 5 日

163. 杨维桢

杨维桢是奇才。他的书法"恣肆"于整个元代。

2013 年 9 月 24 日

164. 满室清香

九间书屋兰花开花！满室清香，神清气爽。

2013 年 9 月 26 日

165. 有朋自远方来

在龙湾与省书协主席鲍贤伦老师合影。"沙孟海奖"第八届全浙书法篆刻作品展览今日上午在龙湾区实验中学隆重开幕。会后，此次大赛获奖作者华飚兄、张格兄、志初兄莅临九间书屋交流心得，乃人生一大喜事。还有 10 年前在杭城求学期间受现省书协主席鲍贤伦老师细心教诲，今难得一次合影留念。

2013 年 10 月 16 日

166. 师公箴言

叶润周师公说，泥塑和木雕不同，木雕在材料上只减不增，雕不好就作废。而泥塑就不一样，在材料上可增可减。做一件作品，必须要有泥塑稿做参考，否则作品很难雕好。现在忆起师公的话，雕刻不是一件容易的事。雕印纽原来只是看别人雕，自己未曾动手。最近动手做了几个印纽，原来不知雕印纽的细节重要，今晚努力了一下，处理印纽的细节处，颇觉有样，果然细节决定作品的高雅与低俗。还要不断努力。

2013 年 11 月 5 日

167. 莒溪访碑

孟冬时节，伯温碑林落成仪式在我市苍南县桥墩镇莒溪社区隆重进行。莒溪是林剑丹先生的老家，而此地也有一支刘基的后代群落。碑林由林剑丹先生与刘基后代共同发起而建。

2013 年 12 月 1 日

168. 秋林尽染

野夫版画展，于今天下午在墨池公园温州书画院开幕。

2013 年 12 月 3 日

169. 交流之展

海山之约——瓯海、赫山青年书法交流展，将于 12 月 18 日上午在温州图书馆一楼展厅举行开幕式。

2013 年 12 月 16 日

170. 百岁老人

基督教合唱领军人物——100岁指挥家马革顺先生现场指挥的一首《雪花》久久回荡在上海大剧院上空，温暖着每位听众的心。百岁老人马革顺先生，思路清晰，幽默风趣，将音乐会开成了现场排练会，展现了排练艺术，老一辈指挥家对音乐严谨的态度让人感动，受益匪浅。

2013 年 12 月 18 日

171. 成功固可喜

早课。临帖之乐而乐！努力中。告诉自己：成功固可喜，失败亦欣然。历史上不是每个人都精彩的，而每个人都有自己的生活方式，最重要的是我要怎么做才是最好的生活方式。千万不要活在别人怎么看，别人决定不了你，你自己最能认识也最清楚自己。聪明的你，不要人云亦云，不要活在别人的价值观，做好自己，努力向前。做到的努力做，做不到的也努力，哪怕是失败。努力的过程是美好的，结果也一定美好。人有悟性的高低，艺术修养要一生去追求。

2014 年 1 月 3 日

172. 橘子洲头

客湖南长沙。想起橘子洲头。

2014 年 1 月 21 日

173. 校园墨香

今天上午温州市书法家协会在龙湾中学举办"百名书家进校园"之龙湾中学站暨惠民祝福写春联系列活动。

2014 年 1 月 21 日

174. 与会畅谈

一日两会议。温州市书法家协会篆刻委员会年会；温州市书法家协会教育委员会年会。

2014 年 1 月 21 日

175. 幽谷佳人

国画《兰花图》，为龙湾中学文学社而作。

2014 年 1 月 22 日

176. 之江有约

参加浙江省书法家协会篆刻委员会年会。

2014 年 1 月 23 日

177. 泥土芳香

经过那田垠，扑面而来的不仅是花草的弥香。

2014 年 1 月 23 日

178. 春入画图

冬去蛇留诗意里，春来马入画图中。今天上午，瓯海区书法家协会、瓯海区新联会一行来到风景雅致、民风古朴的泽雅周岙社区进行写春联惠民系列活动。在周岙社区洞桥头，区书法家们兴致勃勃伏案挥毫为村民送祝福写春联。村民周老伯说："这样的活动真好，没话说，在自家门口就能免费拿到书法名家写的（对联）字，平时很难求到。"瞧！"天增岁月人增寿，春满乾坤福满门""瓯邑再开天下先，马上春风多得意"等，一副副对联都蕴含着大家对美好生活的向往。

2014 年 2 月 7 日

179. 泽雅笔会

温州市书法家走进泽雅甲午新春笔会。

2014 年 2 月 14 日

180. 东瓯雅集

今天上午，东瓯雅集温州市书协顾问书法作品展在市博物馆开幕。幕后观展时，与林剑丹老师、陈出新老师、吴佐仁老师、马亦钊老师、网络大使车帝麟兄、林海琼老师及范琼伏师妹合影留念。这是新年一大乐事。

2014 年 2 月 14 日

181. 珍贵文献

甲午元宵节，黄宗克主任莅临工作室指导，并赠送两套颇有收藏价值的地方文献书籍。感恩！

2014 年 2 月 27 日

182. 哲思

走路的人不一定迷路，迷路的人一定在走路。

2014 年 3 月 28 日

183. 教学相长

字旁教学：王字旁（要写窄一些）

写法要点：（1）第一横斜一些，第二横比第一横稍短，第三横变化为提，三横间距要均匀；（2）竖画通过横的中间偏右处；（3）结字时要靠上些。

字例练习：理、球、环、班、玻、璃、瑞、玩、现、玫、珍、瑰

2014 年 4 月 12 日

184. 与自己比

不要以自己的标准来要求别人，也不要戴着有色眼镜看人。

因为每个人都有自己的喜好和个性以及价值观。你看不惯的事情，并不一定就是不好。对幸福的理解有千万种，每人的诠释也不同，人生最大的幸福就是可以做自己。相信自己，跟随自己的心灵和直觉，不盲从信条，不盲目攀比，你就是最幸福的。金无足赤，人无完人，因为不完美，我们才最真实。

2014 年 4 月 16 日

185. 耕读小院

"黄帝内经"主题篆刻创作启动仪式，今天上午在永嘉耕读小院举行。本次活动由温州市文联主办，温州市书法家协会、永嘉县文联、温州一济堂中医药研究院协办，温州市书协篆刻委员会、诗词委员会、文史与学术委员会、永嘉县书协承办。

2014 年 11 月 13 日

186. 相约冀州

深秋的冀州，遍地铺满金黄色的叶子，好一派秋色迷人图。胡立民工作室书法特训班于今天上午在河北廊坊开班。全班共有40 多位来自全国各地的学员参加此次特训。参加此次特训的学员大多数都是历届国展获奖"书林翘楚，个个皆出手不凡"。上午胡老师就学生的习作逐个点评，指出优缺点并深入浅出地一一示范讲解，从字的结构到形态及用笔、用墨的方法都细细作以解释演示。听了胡老师讲课之后，我受教颇深，深感自身的不足，从现在开始要在专技上好好下苦功，更加努力，不负恩师谆谆以教。

187. 领导关怀

10 月 27 日，民盟浙江省委会原专职副主委、巡视员徐向东一行在民盟温州主要领导陪同下，于上午 9 点瞻仰温籍民盟先贤周渭夫故居，缅怀先贤事迹，开展盟史教育。对先贤们的爱国情怀给予高度评价，鼓励民盟温州广大盟员继承传统，开拓进取，为实现中华民族伟大复兴做出应有的贡献。

2019 年 10 月 27 日

188. 渭夫故居

7 月 9 日，民盟温州市委副主委何文军带领温州民盟盟史研究学会成员走访调研温州民盟先贤周渭夫故居。

2022 年 7 月 9 日

189. 凤卧活动

上午，随民盟瓯海总支赴平阳县凤卧镇中共浙江省一大会址开展"不忘合作初心，继续携手前进"主题教育活动。

2019 年 12 月 25 日

190. 先贤有格

盟市委新盟员学习、参观苏步青励志教育馆，作画一帧，贻馆留念。

2020 年 1 月 11 日

191. 有年味

新桥二小。年味，在小孩写的春联中悠然走来……

2020 年 1 月 13 日

192. 新联会会议

参加温州市瓯海区新的社会阶层人士联谊会二届三次会员大会。

2020 年 1 月 15 日

193. 同馨服务

1 月 18 日（周六）下午，第三列"同馨列车·联盟同行"和平号将在南白象万象城正广场始发，现场免费领福字、春联，送窗花、拿年糕，义诊、验光活动，带来满满的小年味。

2020 年 1 月 17 日

194. 民盟会议

民盟瓯海区总支 2019 年年终盟员大会，会议表彰了 2019 年度的优秀盟员。

2020 年 1 月 18 日

195. 忘记背后

昨天再好也回不去，今天再难也要挺过去。每一天都是新的，忘记背后，努力向前。特殊时期愿一切安好！早安，诸位！

2020 年 2 月 25 日

196. 题兰

馥郁沁心脾，芳香溢院篱。

春归何处去，隐入此花蕊。

2020 年 2 月 27 日

197. 新联会走访

近日，随区新联会会长一行走访"同馨医疗队"抗疫一线医务工作者。疫情期间，他们各自奋战在抗疫一线，辛苦了！

2020 年 4 月 6 日

198. 珍惜当下

等懂事的时候，已经失去太多了，留下的只有加倍的珍惜。想必祖上留下的不仅是这些，还有许多……

2020 年 4 月 7 日

199. 雨中漫游

庚子立夏小雨晨临《袁安碑》三帧毕。

2020 年 5 月 5 日

200. 雅敏好客

昨晚悯好客，设宴款待，甚谢！席间，安，酒后一番言语，健，劝之车回。——庚子立夏又记

2020 年 5 月 5 日

201. 有备无患

人生像备课，事先设计目标罗列问题，然后逐渐解决问题，人生亦如此。

2020 年 5 月 6 日

202. 路径都滴脂油

"你以恩典为年岁的冠冕；你的路径都滴下脂油"，恩典满满，祝福满满，愿俩孩子灵命长进，学习进步！

2020 年 5 月 27 日

203. 得句

小满晴方好；长空彩练云。

2020 年 5 月 20 日

204. 泽雅道上

泽润青山竹；雅集逸致人。

2020 年 6 月 6 日

205. 芭蕉夜雨

今刻。芭蕉夜雨。芭蕉夜雨，是诗的境界。

2020 年 6 月 9 日

206. 山间草药

泽雅中草药资源丰富。今在石垟山偶遇一味中药"黄精"。黄精喜阴，不喜阳。

207. 象外寻真

灯下夜读《象外寻真》尹海龙老师作品集感受颇深：尹老师制印如若画者写崇山峻岭或浅汀平坡，大印开张恣肆，小印安静内敛，大印有宏大之象，小印则有精雅细致之妙耳。

208. 与古筝结缘

与古筝结缘始于 1990 年 3 月，当时拜上海著名浙派名家张剑老师学古筝。张剑老师离开温州之后，没有老师指点和督促，很是懒惰，就不怎么弹古筝。一转眼 20 余年过去，当初所学的曲子全部忘光，借寒假再好好练习练习。20 多年的古筝音色依旧，还是那么好听。只是弹筝的人对曲谱对琴弦生疏不少。

209. 小南门埠头

昔日的小南门埠头，船只来往，热闹非凡；如今的小南门埠头，只见高楼倒影，游船几只，靠着岸，静静地等待。

210. 流言止于智

生活中，与人相处，处处要小心，能不论断就不要去论断，不要以讹传讹。因为"流丸止于瓯臾，流言止于智者"。——荀子句

211. 文人之间的那点事

温州著名文史学家洪瑞钦先生，有一次在温州酒家，人家邀请他吃饭，在场的也有著名的书法家陈铁生先生，席间谈笑甚欢，陈老先生酒量甚好，但不敢多饮，洪老酒量也不错。洪老说："陈老一杯，我三杯。"陈老说："那好，你三杯，我一杯，另外再加你的大作几幅吧！"大概酒醉。最后陈老也没有实现一杯的诺言，说不敢多喝，陈老说罢就离席而去。

文人之间的事，特别酒事是最有趣。想起这事，两位先生都已仙逝。

212. 写字教学

语文教学中，写字教学是不可缺少的环节，如何将写字教学落实到深处，还需要家长学校齐抓共管，共同努力，让每一位孩子写好字，养成一个好的写字习惯。

213. 狼湖其人

狼湖拓扇骨。狼湖者，郭晶也，湖南益阳人氏，诗书画印俱佳。

214. 礼仪教育

学校礼仪教育真好。在我虞师里书法工作室学书法的学生一听到学校降国旗的广播声，就立马放下手中的毛笔向学校方向行少先队队礼。

2015 年 1 月 15 日

215. 九间书屋藏名家图章

余工作室藏全国名家 1990 年至 2015 年间先后刻周建勇名章有：张索先生、谷松章先生、董倚桥先生、吕静然女史、朱恒吉先生、桑建华先生、张华飚先生、郑频先生、仇雪锋先生、刘志初先生、何志斌先生、奥门陆康先生、叶向荣先生、汪廷汉先生、马亦钊先生、李芳振先生、刘欣先生、陈雨辉先生、李成海先生、戴文先生、陈出新老师、李自东兄、刘小松兄、曾熙兄、益阳李雍俊兄等，并藏一金元时期"周押"印一枚。

2015 年 1 月 16 日

216. 西雁人家

甲午孟冬，西雁人家。笑语盈盈，琴声悠扬。温州诸子齐聚，触笔生字，笔飞墨舞；布衣车卒，乞联不断，乡间墨香，赞声不绝。叶师王师笔下劲字十足，施展进勋墨气灵动独妙；曼莉方园女史字媚风趣，李师诸姐琴曲意味深长。噫！山间吐翠，林中啼鸟，喜气欢腾，年味弥漫。昨日之聚，得李国和一语："左右才女，上下琴书。"甚风趣耳！

2015 年 1 月 29 日

217. 琴声刀韵

琴声刀韵寄冰玉。

2015 年 2 月 5 日

218. 读书有益

酒桌令人废，书桌令人益，多坐在书桌前，少围酒桌醉。

2015 年 2 月 21 日

219. 眼界高时无物碍

心境的不同，对事物的体验也不同。不同的工具所表达东西也不同，对工具的掌握不能随心所欲，则所表现的东西也不能表情达意。

2015 年 2 月 24 日

220. 善其事

"工欲善其事，必先利其器。"印人能刻好一方印，也归功于刻具。刻具好，感觉自然也好，一刀在手，石头随你凿。

2015 年 2 月 24 日

221. 马公寓孟容纪念馆

是日，天朗气清，闹市取静。课后近便走访民国时期大资本家仿欧式古宅。古宅造型古朴典雅，周边环境素雅，庭院芭蕉相映，古杉参天，桥亭翘立，颇为古雅别致，真所谓是城市中之一山林也！——乙未新正十一日记

2015 年 3 月 1 日

222. 满院花香

九间祖宅照壁被破坏，只留上联。残联半副而一"墨"字，也成黑字了。今看到黄士陵的墨迹："满院花香呈翰墨，三春鸟语话文章。"完整可观。借此也手书一帧为念！

2015 年 3 月 10 日

223. 何必妒

人世间每个人有每个人的智慧，每个人有他的生活方式，不要以自己生活的方式要求别人，你感觉的缺点或许就是那人的优点。所谓取长补短，尽量学习他人的优点，放下成见，放下自我，这样，不但愉悦了自己也能欢欣别人。人千万别自满，人也千万别自卑；自满让别人不高兴，自卑则让自己不开心。力求生活中能有"不必妒，何必妒"的境界。

2015 年 3 月 27 日

224. 小龙人书写大人生

重庆铜梁。重庆市巴川小学是一所以书法为特色的学校。学校秉承"小龙人书写大人生"的办学理念，将规范语言文字书写教育与书法艺术教育有机结合，逐步形成了自己鲜明的办学特色。

2015 年 3 月 30 日

225. 龙乡墨韵

山城春浓意重，龙乡墨韵悠扬。第四届全国（重庆——铜梁）中小学教师书法作品展及全国中小学书法教育论坛圆满成功！余作为此次书法作品获奖的作者有幸应邀参加颁奖。特借此微言表达两种感谢：一是感谢重庆市铜梁的有关领导，感谢杜校，感谢游女史，感谢田兄、杨兄、范兄；其次，感谢此次活动的全体工作人员辛勤付出及各位老师热情的接待!

2015 年 3 月 31 日

226. 山间精灵

松鼠,可爱至极。小时候在乡下,每每见到松鼠总是活泼飞跳,从这棵树跳到那棵树,从那棵树跳到这棵树,有时沿树干往下爬,有时沿树干往上爬,速度总是飞快。

2015 年 11 月 16 日

227. 诗韵南昌

古意江西,诗韵南昌。时客南昌,心情佳好。

2015 年 12 月 14 日

228. 秀色可餐

素食可餐,且美味耳!有劳徐女史等精心点餐!

2015 年 12 月 14 日时客南昌

229. 书香上海

感谢陆康老师、孙君辉老师为我书页题字。

2015 年 12 月 17 日上海

230. 清明遐思

汝南古郡,梅溪吾乡。山灵水秀,隅之西南。先祖梅涧,开辟创业。抚育后辈,耕读传家。德风古茂,祖荫护佑。子孙业昌,万代兴宏!——先始祖梅涧云翁周公第三十一世裔孙周建勇叩首

231. 怀念端午

谢谢子怪爸爸送来粽子。小时候,每到端午,奶奶总是包好粽子等着我放学回来吃上热腾腾的粽子。如今奶奶已经不在……怀念奶奶。

2020 年 5 月 2 日

232. 湿润的眼睛

儿时，每当听到别的孩子叫"妈妈……妈妈"时，躲在墙角的我眼睛湿润……《世上只有妈妈好》这首歌曲勾起我那段回忆……

233. 题画兰句

　　　　写兰难写香，用墨难留韵。

　　　　清雅描一笺，悠然山远近。

234. 谈书法

（1）搞书法艺术太需要灵性了，苦修死练想独树一帜实在是太难，太难。学书者不是下一番苦功就能把字写好的，其中需要老师的指引，科学地掌握书写规律，逐步改变观念，不断地在书艺上追求追摹古人，与古人对话。以古人的写字方法去写字，古为我用，力求近古学古，然后就古为新，方能开一番天地。

学书一字一笔须从古帖中来，否则无本。"早矜脱化，必规矩，初宗一家，精深有得。继采诸美，变动弗拘。斯为不掩性情，自辟门经。"——清·梁巘《学书论》

（2）书法透过笔力看线条，透过线条看质感，而后是下笔形态、字形，这些都是解决字的格调问题。下笔不稳，则字俗气生，先解决下笔问题。孙过庭说，下笔有由，毫不虚发，就这个意思。属个人一点看法。

（3）学书要：先传统，后创新；先死写，后活写；先到位，后品味；先专一，后博采。博采专一，然显书法本色也！

235. 题兰句

一纸留住墨韵在，我写幽谷别样香。写兰看神韵，花香在于意，不在于神。

236. 师公说方老治印

师公润周先生原来听方介堪先生说，治印用刀、用字、哪种字体都不能含糊。尤其用刀最难，字可以查阅字典，用刀无处可查。可见用刀之难！方师从不在人前试刀。

237. 粉彩笔筒

"福自天泮在眼前。"九间书屋自藏祖上遗物——清代粉彩笔筒。小时候见奶奶在分纸时用它来装洋绿（现藏温州民盟盟史馆）。

238. 不要埋怨生活

生命对每一个人都是公平的，如果遇到生命中最难的事，请不要埋怨，一定要沉淀心思慢步前行！

239. 幽兰花开

只等幽兰静静地散发淡雅之香。

240. 不要和别人比

学书法，一定要平和心态，不要和别人比，和自己比，不要受外界干扰！

241. 小楷不易

温州已故陈铁生老先生曾经说，小楷最难，入格不俗更难。现在体会的确如此。

242. 新联会活动

（1）夏雨点点落，笑语盈盈间。今天上午，随区新联会一行在刘旭海会长带领下，走访了会员单位——温州市福盈果蔬良种栽培专业合作社。该果蔬基地位于泽雅周岙村。周岙也是我的家乡，那里有太多儿时的记忆。在这里，山还是儿时的山，水还是儿时的水。那一涧山泉，那一片绿草，迎合着夏雨微许送来一丝熏风,那熏风中携带着浓浓的泥土芬芳。远山的白雾蒙蒙一片,忽然间飞跃着一群山雀,一声声鸣叫,像是在迎接着我们的到来。

这里真好啊!在山间可以静听流泉出涧、鸣虫啾啾、野花飘香,果园硕果压枝。远景淡淡,近山悠悠,此刻真的会让你忘却许多的不愉快。来此间更让你像是漫步在浓淡相间的水墨画卷中,真洒脱,真惬意。

(2)塘河之畔,大罗山下。渔潭古村,浙南火种。浙南一大会址,新联会同仁诚心、缅怀。追思先辈,不忘初心,传承红色基因。让浙南火种,在新时代,继续燃烧。

——庚子七月建党节区新联会活动

243. 题画句

叶叶送逸气,片片留清香。写兰一帧。戏题。

244. 附和

久未作诗,难见进展,晚见诗群,和吟友一诗,并记如下:

洗砚听筝别有年,卧泉渐自觉悠然。

此生难觅清凉地,唯许诗书寄石田。

245. 林老师谈画兰花

林剑丹老师曾经对我说,兰花画不出香,但要有逸气,否则就俗。此语意味深长。

246. 收获在风雨后

教学相长,付出十分的努力,必定要收获一百分的成果,这样才好。举一不但反三,且是举一反四、反五。

247. 闻千何人

闻千,治钮大师,石开胞弟。初识"琉璃厂在线"。好刻,或人物、或花鸟，总是出其不意，姿态万千。

248. 参观书法社团

今天，幼稚园的孩子来参观书法社团。孩子们说，他们这么多人来，很紧张，字都写不好了。这不，一紧张将"忆梅"写成"忆悔"。唉！难为孩子们！

2015 年 6 月 5 日

249. 谈小楷用章

小品用章宜小不宜大，整幅盖章宜少不宜多，今人盖印太多也是一大花病。

250. 感悟

不发怒是生命的感悟，不轻易发怒则是生命的境界。一种生活或生命的改变都需要时间，需磨砺，千万急不来。

——九间书屋偶记

251. 窗外落雨

乙未端午前夜，书《赤壁前后赋》，窗外雨声不断，心难平静，篇中多处漏字，虽然作小字说明，而总觉不满，又奈何！

252. 课堂掠影

时间总是悄无声息地从课堂中掠过。要爱惜光阴，好好珍惜身边的每一个人。

253. 给学生一次展示的舞台

翰墨飘香，琴声悠悠。今天上午，周建勇书法工作室的学员（林琛纳、项品博）在古色古香的南塘中心舞台展示他们的才艺。

2015 年 6 月 28 日

254. 画扇

1995 年立夏，在安徽黄山画院进修时，有幸得朱修立老师亲授。自后，久不作山石，今偶得趣，聊写扇式一帧，山水实难，尤着色不易，山水本色皆自然为好。

255. 偶兴

久不动山水，今偶来兴，晨作扇式一帧。画一高士，坐一危石，闲对白云青山，笑看势利；二三棵杂树，伴一孤松，尤为幽逸，借以此图，好解炎闷天气耳。

2015 年 6 月 30 日

256. 传统就是美

传统就是美，用新的理念去阐释传统的山山水水，这样既不受传统的束缚，也能从传统中汲取营养，以滋养心灵。

257. 感恩生活

生命的更新离不开生活的履历。这生活的履历将告诉你生命中哪些人或哪些事值得珍惜，而你对生命的改变也是你对生活的重新认识。像是人与人之间，人与事之间，人与人交往久了，就知道谁是你的良师，谁是你的益友，久而久之会让你真相大白。我感恩生活，给我带来生命中值得珍惜的人和事。

258. 路过小南

每每看到小南河，那河水哟，静静地平躺着，宛如少女的身姿，随风隐隐约约地飘起一丝微波。

259. 绿萝

人啊，什么事情都不要有怀疑之心，不要处处提防着别人。人啊，也不要把自己看得过高，自高让别人难受；也不要太自卑，自卑令自己难受。阳台上的这绿绿的叶，很茂盛，叶子很美，殊不知，它是干枯过的，几乎近于死竭。前段时间，在一位学员精心呵护下，又重现生机，叶子宛如碧玉，如此清恬悦目。

260. 隐藏在古书里的字

怎样让在古书里的汉字活起来？还是多读书，多写字。早上看了汉字听写现场直播后，真觉得藏在古书里的汉字太有魅力，深感自身知识也太肤浅。

261. 快乐的暑假

这个暑假大部分时间都与孩子们在一起，孩子天真童趣。这不，孩子的笔墨间不是流露出一股稚嫩的潇洒与童趣吗。

262. 中小学生"兰亭奖"

上周日，市体育馆举行浙江省中小学生"兰亭奖"2015温州赛区现场赛。项品博同学说，参加这次现场赛的都是高手，说自己没希望。赛后我鼓励他，肯定有希望的。虽然只获得市三等奖，也不容易，这离不开孩子自身的努力。

2015 年 8 月 3 日

263. 台风天夜宿庙后

夜宿庙后，晨起大风，溪涧洪流，天上乌云。

2015 年 8 月 9 日

264. 心痕

人生就这样，时而欢喜，时而悲伤。往往伤心的事会让你刻骨铭心，如一道深痕划过心坎久久恢复不了。

265. 小儿第一天上学

天气晴好。小儿上学的第一天。愿孩子的智慧与身量一齐增长。感谢好友的点赞支持、关心与帮助！

2015 年 9 月 7 日

266. 靠自己努力

不要听别人的忽悠，你人生的每一步都必须靠自己的能力完成。自己肚子里没有料，手上没本事，认识再多人也没用，人脉只会给优秀的人机会，但抓住机会还是要靠真本事。所以，装备自己，比到处逢迎别人重要得多。

267. 先入为主

一只小鸡很聪明，为了要留下自己的爪子，就在还没有完全干的水泥地上优哉游哉地漫步着。殊不知，小鸡漫步过的地上留下了深深的爪子印，似竹叶飘摇，永久不能抹去，深深地印在了平整的水泥地面。教学也一样，尤其是技巧性的教学。当孩子还单纯的时候，把好的理念、技巧性的方法告知于他，这样也就深印在孩子的脑海里，永久不能磨灭。教学者，理应是一位智者，一定要用最好的方法诱导不同孩子学好所传授的技巧与方法。

——九间书屋砚边小语

268. 不怕苦，不怕难

每每遇到难事，总是想起奶奶说的话，不怕苦，不怕难，耐得住寂寞。想想也是的，凡事都会有时间性，不如意的事总会过去。

269. 批改学生作业

辛苦中有快乐，莫过于上课。每每批改到学生的作业时，总是有不少的欣慰。

270. 品德

一个人的品德是否敬虔，可以从小事上看得出。不管做什么事，不单是小事或大事。决定一个人的品德好与否，就是在小事上看他是否心存敬畏，而在小事上心存敬畏的，往往在大事上也心存敬畏。有敬畏之心的人，对人则如沐春风，如入芝兰之室，久而不闻其香。

一个有品德的人，不会背后去论断人，不会挖苦讽刺人。凡是在背地论断人的，无非就是贬低别人、抬高自己罢了，自己倒像圣人一样，无可指摘。凡这样的人何来品德。

271. 刻印纽

以前在琉璃厂开网店，一边卖石头，一边雕刻印纽。我初学印纽时，在学校的办公室，利用午间休息时刻，一刀一刀纯手工刻，看着幼稚的图，时间都去哪了。

272. 偶题

写兰难写香，为人难完美。

273. 有趣的画

今偶尔看到白石老人的一幅画，特别有趣。画中一位白胡子的老人伸出一手指着画外，似乎在责骂别人。学白石老人，别人骂我，我也骂人。别人说我，我也说人。不要老实，该怎样就怎样。

274. 方介堪方去疾美术馆开馆

昨天，方介堪方去疾美术馆开馆系列活动在泰顺举行，名家云集。美术馆展出二老精品多件。林剑丹、刘一闻、周志高、马亦钊、张索等先生深情回忆了与方老的师生情谊细节的点滴，尽显师恩微妙。方广强先生、方箴女史向美术馆捐赠了二老作品。

2015 年 11 月 9 日

275. 郑西村先生

郑西村先生，浙江省文史馆馆员，擅长诗词歌赋。

我认识他的时候他已是 80 岁高龄。一生著作多部。他住在市桥儿头芙蓉四栋，跟陈铁生先生同住一栋楼，陈老住的是 306 室，而郑老住的是 205 室。他们上下楼，平时也都相互不往来。偶尔陈老会去串门，偶尔他们也喝点小酒以助诗兴。

1994 年郑老赠我 80 岁自述诗:"……六十七十匆匆去,八十到来万念无。"结句"无"意指无可无不可也。原诗很长,就摘抄最后两句吧。郑老先生客气落款称"周建勇先生是正,郑西村1994 年春月"。先生作古,与松长青。

276. 沉默是福

沉默不是说永远是对的,但沉默是一件美事。人与人之间存有芥蒂,你的举动,不管是什么,对那人来说都是错的。再多的语言也说不清道不明,只有沉默。人啊,做什么事情都要思前顾后,要想想再做。合乎中道,不偏不倚,是何等的不易。

277. 相称

"相称"是何等语。做事或说话要与人品相称,要与道相称。老师就不一样,行事为人就得处处谨慎,如履薄冰,处处要言表为榜,对学生不可生发怒气,出言更加要留心,污秽的语言不可出口。虽人无完人,金无足赤,能尽善尽美最好。所谓师者范也。

278. 距离之美

人与人距离不要走得太近,还是远点好。不要以为走近了义气重,感情深,其实不然。

279. 喜乐不是快乐

喜乐不是快乐,快乐洋溢在外,而喜乐涌自内心,是生命的表现,不受环境改变而改变。喜乐的人看世界万物皆美好。喜乐来自心底,伪装不出来。你喜乐吗?

280. "印不要刻得太满"

林剑丹老师一次对我说,印不要刻得太满,很有一定道理。满白了格调就下降,就俗气。用切刀的感觉也不一样。

281. 耐得住寂寞

写字要耐得住寂寞，不怕打击，要与自己比。今天这个笔画写不好或这个字写不好，而有一天写好了，就是进步。人的理解悟性都是有阶段的，不要以为现在写不好字就灰心，这样学字是大忌，不要灰心。找到好老师，找到好方法，坚持下去，方法对了，一定能成。

282. 墨池公园

冬天的墨池公园，曲径通幽，翠竹映帘，晨光斜射……

283. 七绝

野径春归半是苔，流连忘返咏诗才。

欣闻万籁虫鸣曲，细觅丛蒿没入莱。

284. 林语堂评苏东坡

林语堂《苏东坡传》：像苏东坡这样的人物是人间不可无一难能有二的。正所谓：灵巧像蛇，驯良像鸽子（太 10：16）。是为人处世的一大智慧耳。

285. 孟德斯鸠语

孟德斯鸠说："喜欢读书，就等于把生活中寂寞的辰光换成巨大享受的时刻。"读书有福耳。

286. 新的早晨

7 月您好！每早晨都是新的。"太阳如同新郎出洞房"，无限佳美的一天又要开始了。

2020 年 7 月 1 日

287. 无题

山谷有佳丽，春兰馥凝思。

移栽庭院里，雅韵咏幽姿。

注释：

幽姿：优雅的姿态。

凝思：聚精会神地思考；沉思。

——庚子三月初七日

288. 虚室生白

篆刻"虚室生白"，白文印一枚。"虚室生白"语出《庄子·人间世》："瞻彼阕者，虚室生白，吉祥止止。"陆德明释文引司马彪曰："室，比喻心，心能空虚，则纯白独生也。"我认为"虚室"是心境。

289. 释放心情

人生百态，清茶一杯，约上几位知己，聊心中快事，也是对心情一个大大的释放。不是吗？

290. 蔡师百年诞辰

今天早上，蔡先生《蔡心谷诗文集》首发仪式在温州四中举行，纪念蔡师百年诞辰。与温州四中颇有情结，曾祖父曾经赞助过的一所学校。

2021年6月6日

291. 临印

这几天临三晋官式印。以前很少去临三晋官式印，觉得太可惜，现在正努力找回以前的时间。要"跟着太阳赛跑"，时间不能浪费。老师说，临印体会越多，今后创作得到感悟也越多。

292. 谈临帖

只有深入临帖才知道古人的伟大，只有去创作作品才觉得我们对古人理解的浅薄。临帖就是追摹古人，让古人扶我们上马，牵着我们走一段路，不能独断其行，真语。

293. 谈习字

初习学字者，必先正其姿，而后执好笔，再行其迹。逐成习惯者尤难，须教者耐之辅之，家长督之促之耳。

294. 鹭鸶腿上劈精肉

刻朱文不易。朱文线条像是在"鹭鸶腿上劈精肉"，故而不易。"鹭鸶腿上劈精肉"是戴武老师一句很经典的话，是对篆刻线条的精细度、精准度，精上求精，也是对印章线条高度的概括。

295. 印章是一个永恒话题

印章，在古代是一种信物，在来往的公文上必须钤有印鉴。现在虽失去此等公用，但一枚小小的图章确实意义非凡。

296. 触摸楚简

滁州戴武书法研修班，广东一书友带来千年楚简。平生第一次有幸见到2800年左右的楚简实物，可以触摸的楚简，兴奋不已。古人的字小而精巧。

297. 装裱

好的字画装裱历久弥新。这画装裱有一定时间了，还是那么平整压实。现在的装裱的技术太差，搞得有字画都不想装裱了。难道是装裱技术丢失了吗？

298. 迎春

银羊辞冬去；金猴迎春来。

2016年1月27日

299. 周岙书院旧址联

绵濂溪之遗泽；傍岳麓而为家。登龙有象。

300. 落雨

外面

落雨

似乎没有声响

……

2016 年 3 月 10 日

301. 祖上留下的一青田石

祖上留下的一块石头，有火烧痕迹。童年时这块青田石被我磨了字，悔唉！今想仿刻白石老人的"人长寿"印，留作纪念。

302. 线装订的字帖

看到线装订的字帖就想起奶奶，以前那些字帖破了，都是奶奶帮着用米糊装订。想念奶奶……

303. 不求人

奶奶在世时说，不求人就是不欠别人人情。此语今才悟。

304. 开州

参观革命先辈刘伯承纪念馆。晚上吴燕君妈妈招饮。

2017 年 10 月 15 日客开州

305. 山城回温

昨晚，带着两个孩子从山城刚回。今晨，两孩子就参加夏令营营会。希望孩子加强体能锻炼……智慧与身量齐进并行。

2017 年 5 月 1 日

306. 悟性

学习书法首先要坚持，其次就是要有悟性。坚持能熟练掌握技巧，在掌握技巧之后，就是要靠悟性，悟性是对线条书体结构的把控能力。胡立民老师常说，线条靠功力，结构靠才气。此语简约却寓意深远。

307. 喜报

（1）吾儿可豪，获得 2017 年度第二十九届中小学艺术节现场篆刻比赛（小学组）二等奖。

（2）暑假两孩子（可豪、寒涵）收获颇多：参加第十七届温州市少儿文艺大赛现场篆刻比赛市级优秀奖；获得瓯海区第二届少儿文艺大赛一等奖、二等奖，愿孩子继续努力！

2017 年 8 月 25 日

（3）第七届温州市青少年临书、临印现场结果如下：优秀奖：徐恩慧、李宜家、林伊柔、林伊冉、王雅雯；三等奖：施承毅；二等奖：范雪冰。祝贺以上学员。

（4）"帅乡·汉丰湖杯"第三届全国青少年书法大赛在重庆开州区汉丰第一小学开赛。两孩子周可豪获得二等奖、周寒涵获得一等奖。收获满满。感恩！感恩！

2017 年 10 月 14 日

308. 电视现场大赛

今天上午，学生李博莹在北京电视台参加"永远的丰碑"第九届北京电视书法大赛。

2017 年 1 月 14 日

309. 两孩子得韩天衡先生赞赏

一次，余工作室李宜家、张添两学生去上海参加"晒墨宝杯"第二届小主人书法大决赛。现场篆刻比赛时，韩天衡先生称赞两学生，韩老师说："温州来的两位孩子正规点，用毛笔写印稿。"其他孩子则用勾线笔写印稿。用毛笔写印稿，虽然有难度，但是传统，必须要训练。

两孩子都获奖，温籍著名书法家、上海华东师范大学教授张索老师亲自给他们颁奖。

310. 艺术需要大胆

在胡立民老师书法研修班上课时，胡老师说，有的字可以取法，有的则不然。学书法是这样，篆刻亦如此。读着白石老人印，一开始不觉得出彩，晚间听韩老师的精彩讲解分析，始觉得自身的不足，印理知识的浅薄。深深地叹服白石老人的空间与文字简约的确让人不得不佩服。或许这种空间尚能取法乎！所谓"艺高人胆大"，艺术需要胆大，也要有气魄。我想：为人要老老实实，对艺术的追求不要老实，要绞尽脑汁不择手段才行。

——听课散记

311. 美好的过程

过程是美好的。美好的一天，愿孩子快乐！平时放大量的时间在培训学生身上，对自己的孩子却有无限的亏欠。最感到欣慰的是，孩子在这次区艺术节比赛荣获小学组二等奖。希望孩子继续努力，付出总有满满的收获。

312. 稚嫩的画

稚嫩的笔尖，流露出憨憨的、傻傻的感觉，才觉得可爱。

313. 热爱青田石

对青田石的热爱是源于青田石有着坚韧不拔、晶莹剔透的品质。

每每有烦心事时，青田石总是会"善解人意"。面对青田石，这心烦的事也就烟消云散，心情便也舒畅了许多。晶莹剔透的石头不像人虚情假意，不会阿谀奉承，可以不离不弃一直陪伴在身边。我总是称青田石为"老朋友"，这"老朋友"20余年一直在默默守护着我的"九间书屋"。九间书屋有了这"老朋友"，便也有了一份野趣。这野趣像是山涧的流水、林间的鸟鸣、晴空的流云。

面对这"老朋友",便有一丝微风习习的惬意萦绕心间。

314. 坚持

两孩子的学书历程,从一年级刻的小动物到获得全国的一等奖需要太多的时间。其间,有孩子的灵性与努力,还要继续坚持。学艺需要坚持,不坚持,再有灵性也白搭,坚持就有意外的收获。

315. 姚府小聚

晚间,信河街,姚府小聚。廖师、徐师、潘师等,诸师齐聚,姚兄主厨,菜皆色香味美,红酒助兴,醉归。见案头片纸,兴致,略涂朱竹一帧,诸君正之。

2018 年 3 月 12 日

316. 米芾论石

米芾论石以皱、透、瘦、露为四字诀。石贵露、瘦、透、皱。虽丑终为美。

317. 文房五宝

笔、墨、纸、砚,是文房四宝,现在加一宝,就是笔筒。古代文人在书房几案上的摆设少不了笔筒,笔筒也是书房的一大亮点,它虽是用来装毛笔,但做工材料极为考究。制作笔筒的材料有陶瓷、紫檀木、竹、象牙、翡翠、景泰蓝等,其中翡翠和象牙材料制作的笔筒颇为名贵。

318. 题五彩鸪

题茶山百鸟灯之五彩鸪

五彩缤纷禽有独,

一鸲怪异世无双。

319. 无题

西山日暮剩烟霞，倦鸟归林我返家。

画意诗情吟夕照，风光醉美望天涯。

320. 故人剪烛西窗

九间藏老砚台。刻砚铭一则："故人剪烛西窗"——温奕辉老先生 80 岁题，梅溪刻。

注：此砚台现藏温州市盟史馆。

321. 童年的记忆——蛋袋

"蛋袋"，童年的记忆，就这样在岁月中淡忘。为了也给孩子们留点儿记忆，"编"了一天的故事。

322. 苎丝岩儿

祖上留下的老物件"苎丝岩儿"，是晚清时期的老物件，有年代感。木雕雕有一瑞兽涂漆八角，周围阳刻刻有花卉。苎丝岩儿中挖有一桃形小孔，放糠灰拧麻线用，古时劳动人民的一种工具。制作"苎丝岩儿"的材料有石雕、木雕、陶土等等。温州地区常见。

323. 追求完美生活

对于生活要严丝合缝地去追求完美。

2020 年 7 月 3 日

324. 体育让生活更美好

中午从藤桥骑单车到双屿。骑单车是体育运动的一种方式。平时坐多，不爱运动，今心血来潮，便骑单车一回。半路体力消耗，腿软，不骑，下车推至白虎岩隧道。看来要多多锻炼为好，体育让生活更美好。

2020 年 7 月 4 日

325. 梅花精神永放光芒

新联会活动。参观梅花村革命遗址。梅花精神永放光芒。

2020 年 9 月 6 日宁波

326. 追寻诗与远方

追寻诗与远方的同时，不要忘记停下脚步，慢慢地欣赏一路走过的风景。

327. 遵法守纪是美好的品德

不要心存侥幸，法网恢恢，疏而不漏。贪得无厌，最终没有好下场。违心者理必亏，违法者法必究。

328. 雕印纽

雕印纽是一大乐趣。封门青产自青田山口，被誉为"石中君子"，色美温润剔透。石不能言最可人。"如意瓦钮"，梅溪手工。

329. 四季如意印纽

印纽雕刻纯属工艺美术范畴，不说是能工巧匠所做的活，也必须是精致细微，不得一点含糊。"四季如意"，寓意四季如意、平安，没有疫情。梅溪手工。

330. 刀与石头的碰撞

刀与石头的碰撞，定能姿态万千。

331. 心灵的一瓣花香

生活的美，来自心灵的一瓣花香，唯有舍弃的才不会被记忆。

332. 秦时明月

学习的时间总是很快。接下来就是立定目标，狠下苦功，甘于寂寞，面向古人的"秦时明月"，也向"汉时关"。

2020 年 9 月 20 日滁州

333. 运用知识

这个时代是一个不缺知识的时代，而是缺少怎样运用知识的时代。

334. 今日偶得，并刻一句：永嘉山水亦堪游

无题（新韵）

永嘉山水亦堪游，荏苒光阴岁月稠。

觅句寻幽何处是，东瓯胜景誉江湖。

335. 希伯来文

"Shalom"为希伯来文，意思是"你好，平安"。时下新冠疫情病毒依然严峻，愿祖国平安，愿温州平安。

2020 年 2 月 4 日

336. 对艺术要斤斤计较

对艺术要斤斤计较，不放过半毫半厘的瑕疵；而对待生活则不必较劲计较，生活简约就好。

2020 年 10 月 17 日小记

337. 生活不会亏待于你

人既然来到这个鲜活的世间中，就要做点什么，尽自己最大的努力，做点对社会有意义的事，那是美好快乐无比。生活虽有哭泣，但不要气馁，生活毕竟不会亏待于你。

338. 泛舟塘河

今日天气佳好，参加瓯海区文联组织的活动，泛舟塘河，领略母亲河的那份柔美与风姿……

2020 年 10 月 26 日

339. 生活佳好

生活佳好，不管怎样，生活总是要努力赢得，想要好的生活就努力地赚钱吧！不要犹豫，即使伤着了，也要捂着伤疤前行。生活不会辜负于你，也不会亏待于你，努力吧！

2020 年 10 月 31 日

340. 一次改稿会

就是在心灵上提升，就是在语言上提炼，就是在境界上扩展。

2020 年 11 月 1 日

341. 看望特殊学校的孩子

暮秋时节，稻菽飘香。带着美好的祝福，走进温州市特殊学校，看望孩子们……

2020 年 11 月 3 日

342. 与善为伍

家族传统是"与人为善"。夏承焘先生写给曾祖母的信中提到曾祖父是与人为善、乐于奉献。读此四字，时常被感动着。"与人为善"，多好！

343. 贺鹿城诗社换届

社以诗集，召我群贤，共伸雅怀谈康乐；

花因鹿衔，开此琼席，来赏佳景唱永和。

2020 年 12 月 16 日

344. 父母是孩子的引路人

最优秀的父母，在陪伴孩子学习的过程中也在不断进步，努力跟上孩子的步伐，做好孩子的引路人。

2020 年 12 月 19 日

345. 题江心联

江心日夜波涛涌，

屿韵诗词律吕扬。

346. 珍惜节操

像珍惜生命一样珍惜自己的节操，做一个一尘不染的人。

347. 青田生美石

对青田是有感情的，且感情颇深。而对青田石更情有独钟。记得读初中时就从泽雅翻山越岭独自去往山口，一个人去购买石头。现在倒好，一周三次去青田，青田啊，想必是割舍不了。

348. 酒事

余不善酒，而农家烧更不易。昨晚，唯好友相劝，曰：能热身。故饮之，诗曰：

三两家烧过口中，云间雾里各不同。

忽寥梦觉千姿态，醒后先前忘句穷。

注释：家烧：人家烧（温州方言）即浓度白酒。

349. 展翅如鹰万里翔

小儿小学毕业。6 月是毕业的季节，是一个音符跳到另一个音符的起止点，时光总是匆忙不经意地挥手而别。小学 6 年中，校园里会留下你们许多的欢言笑语。祝福每一个孩子，追求人生另一个音符，谱写人生美好的篇章。

2021 年 7 月 2 日

350. 坚持与毅力

不管做什么，一个正确的方向，再加上坚持与毅力，必定到达向往的彼岸。正月十七与诸君共勉。

351. 新时代的阴晴圆缺

4月6日：核酸：阴；天气：晴；身体：圆；金钱：缺。

2022 年 4 月 6 日

352. 雅事

昨晚酒事，晨记之：

> 昨天醉别交心酒，羡慕东君八米诗。
>
> 晨起眼昏刀劈手，想来就喝白桑皮。

注释：

刀劈手：篆刻不小心刻刀刻到手。

交心酒：即交杯酒。

白桑皮：即桑白皮，一味中药。

八米诗：称誉别人的诗多而好。

2022 年 8 月 22 日

353. 花事

我对桂花并不陌生，去年 8 月去茶山王学钊老师家。在王老的陪同下，一起穿越大罗山，那一簇簇、一点点金闪闪、亮亮灿灿的桂花，在绿树丛中散发着诱人的清香。满树金黄金黄像米粒般的小花，点缀着红叶似火的季节，正带我进入无限的遐思。

2007 年 10 月 5 日

354. 无题

> 春来丝雨信，柳絮散东嘉。
>
> 漫步瓯江畔，微风送落花。

355. 民间戏曲

民间戏曲人人都看懂，戏曲表演的是君、臣、礼、仪，是忠、孝、节、义，是传统文化。如在舞台上表演：一个人（秀

239

才）落难，后来遇到富家千金赠银，考取功名，最后大团圆，百姓一看就知道都明白。民间戏曲就是让普通的百姓能看懂也能达到教化的作用。瓯剧《高机与吴三春》讲高机和吴三春的爱情故事，"织瓯绸"，在温州地区广为流传，是一个悲惨的爱情故事。有机会大家可以去看看。

356. 青田山口石雕市场随见

篱笆盆景圃，百卉竞相开。

雏菊蕊娇艳，香撩彩蝶来。

357. 后将明义司马

一次在滁州戴武书法研修班学习时，戴老师让我临刻一方"後将明義司馬"三晋官印时，不小心将"義"字"羊"部多刻了一横，篆书"羊"部是两横，多刻一横就是错字。戴武老师见之，说："不要磨掉，边款注明一下：临印、刻印务求正确，而性情所致，唯'義'字多一横也。"

358. 不负超华

"不负韶华"四字词，是纪念方介堪先生120周年诞辰篆刻特展的一方命题篆刻内容。我在创作这方图章的时候，先是用三晋官式印设计这四个字，一看印稿觉得不够精彩。后来采用蟠条印式朱文刻"不负韶华"四个字，蟠条线条古意盎然，又不失风流。特别将"不"字设计成有装饰性，装饰风味浓一些，故将笔画往上伸长，预示蓬勃向上的精神面貌，"不"不能没有朝气，"不负韶华"是精神的气象，不能辜负韶华。"韶华"两个字则要稳妥些，不能太跳。一方图章要有语言，要有主字的突出，才显得趣意象生。故此，我觉得"不负韶华"这四个字刻得比较成功，空间处理稳中求险，不失为蟠条印所呈现的古趣，表现出时代的一种面貌。

359. 停课

班级群里老师发出通知，可豪高一段原本 9 月 5 日返校的，由于受第 11 号台风"轩岚诺"影响暂停返校，三天两做的核酸检测证明截图按要求打卡上传。近段时间以来，疫情、台风等非人为因素导致生活上诸多的不便。

由于第 11 号台风"轩岚诺"影响，9 月 5 日（星期一）周岙片区核酸检测巡回也暂停，让大家不要前去核酸点，以免空跑。最近群里都是关于疫情核酸检测或台风这类信息，看着这些短信着实让人不好受，希望一切的不好统统化为乌有，让我们的生活不再担惊受怕。我们应配合政府有关部门防疫防台风要求，非必要不出市不出省，出门戴口罩，注意个人卫生勤洗手，保持好心态。

2022 年 9 月 3 日星期六

360. 读书有福

新学期开始，寒涵的任课老师要我们买《幸福诸君慰平生》《阳光英语分级阅读初二上》《科学史上的动人时刻——不再孤》《中国近代史》（蒋廷黻著）、《透过地理看历史》《离世界名画一厘米》等书籍。我在淘宝上 9 月 2 日下单，9 月 4 所购的图书如约而至。网上购书真是便捷极速。寒涵在绣山中学就读，这学期绣山中学的学生要寄读在温州二中（江滨校区），据说绣山中学老的总校（惠民路校区）即将要拆除重建。

2022 年 9 月 2 日

361. 周岙九间旧联

满院花香呈翰墨，

三春鸟语话文章。

362. 二十五世祖墓志联

岳峙渊停开寿域，

松贞柏悦荫佳城。

瑞集丹丘地，

祥凝窀室时。

363. 书展随记

"桂子月中落，天香云外飘。"矢志不渝跟党走·携手奋进新时代——喜迎中共二十大、民盟十三大书画作品展在乐清文化馆隆重开幕。余一幅《兰花图》国画及对联二副《蝉鸣雪压》自作联句和《窗外林间》书法作品参展。

2022 年 9 月 16 日星期五

chapter

06

窗前疏影送梅香

（悠悠古韵）

疏影留香、留韵。

窗前疏影送梅香

窗前疏影，留香，留韵，留天地一片清辉。

——题记

梅

红蕊露清奇，枝头凝遐思。
新花寥寂静，疏影映幽池。

答　客

坐对梅溪水，浮香绕碧台。
君来无一物，唯有霁云来。

题青铜面具

纵目怪神惧，张牙露野姿。
三星堆异物，远古迹遐遗。

篆刻即兴

蟠条刻远思，唐宋最新奇。
结字唯殊异，通幽铁线遗。

梅溪野趣

青芽透露来，晨雾笼新苔。
春暖山间色，浮光渐散开。

闲趣吟之

独坐书斋自佚休，寒梅横影卧帘钩。
素心吐蕊芳香结，不向东风各凝愁。

忆九间祖宅

满院清香扑鼻来，素梅逸灿独萦开。
残垣断壁心伤碎，融作花泥作钓台。

老宅遗韵

松枝摇影印苍苔，庭院芭蕉滴露开。
翠竹临空清丽景，月光何适照初来？

九间别院雅韵

枝头梅朵碧沈愁，绿蕊新芽素簟秋。
清韵丽姿闲野趣，无边光景对云楼。

晨　吟

轩窗竹影曳严寒，蕉叶幽姿不等闲。
望对青山流欲醉，欣将诗句浸芄兰。

闲　趣

一片黄花耀映晖，紫芽嫩绿傍条肥。
门前溪水漫悠韵，野蔓轻柔护茹薇。

山村偶得

家乡两岸碧霞排，万片冰花绕水开。
鞭炮声中辞旧岁，红梅点点报春来。

即　兴

春雨绵绵润花开，清香缕缕绕梅苔。
夜沉烛影摇消去，写得诗心入梦来。

书斋漫兴

清晨陋室寄相思，一样心情一样诗。
远眺绿荫双紫燕，凌空跃跃入花枝。

即景吟之

雨后樱花满地红，一簇露朵寂临风。
枝头野雀争春去，篱畔香浮盖草丛。

练笔即兴

入夜临书寂寥寥，眼花手痛励心潮。
得来佳作堪清逸，摹写兰亭趣味骄。

追　忆

清明寄往思，敬祖孝何迟？
孤冢幽深处，伤心暗自啼。

祖圹被破坏泣吟

多少辛酸泪，无言散入风。
故人思不在，涕泪诉深衷。

无 题

粉蕊寒芽蝶蹁跹，娇妍紫叶醉花仙。
星空圆月心如水，枝蔓新梢玉翠钿。

梅溪清韵

水碓声声震梦乡，周呑依有旧时房。
清泉山涧萦明月，窗下兰丛冻傲霜。

泽雅风韵

暖日熏风捣刷忙，田间晾晒片片黄。
小溪水碓鸣幽曲，朴实农家竹满塘。

注释：
泽雅：地名，古法造纸之地。
塘：腌竹子的池子。
捣刷：方言词，指把竹子捣碎，用来捞纸。

对窗闲吟

昨晨喜雨洗窗台，隐隐青山雾里来。
喜鹊枝头时唱曲，瓯江隔岸玉兰开。

248

辛丑正月二十九即兴

今晨望日倚楼台，万道霞光耀眼来。
梨树花开争暖景，柳条缓缓送春来。

是日即兴

花枝朵朵野芳间，翠滴篁林照眼闲。
二月二日天气好，和风送我到深山。

无　题

灼灼桃花透丽蔷，繁花照水落无央。
不分三月春风面，唯有诗心就梦乡。

梅溪清韵

柳岸草芽芳碧翠，春来初次映微波。
东风有力催青术，泽雅幽山篁绿萝。

雅寄琦君故里

庙后幽山雾逸漫，桂花初雨露秋寒。
先生阔达文奇绝，翠竹悠悠耀玉栏。

注释：

先生：指琦君。

琦君故里雅吟

清欢有味书当枕，初雨兰芽透绿琴。
庙后悠悠愁寄处，诗心寥寂夜深吟。

过永嘉

隐隐孤峰映水中，青山如画似神工。
帆篷一片云边至，淡淡飞烟雨亦朦。

致合肥张林女史

古茂镌新晋汉间，清奇玺印至峰巅。
磅礴气势真情现，痕曌刀藏大蜀山。

注释：

大蜀山：安徽合肥大蜀山。

夜　坐

沉香渺渺伴悠姿，独坐书斋咏月诗。
手抚琴弦寥寂夜，凝心毫素寄幽思。

登乐清大荆文昌阁有感

落叶萧萧古木斜，文星阁上忆花茶。
曲栏幽径藏凡草，画栋雕梁绕翠霞。

无　题

青山脉脉彩云间，鸟语声声意自闲。
溪水悠悠携月影，闲吟清寂过篱湾。

立春即兴

时值雪融悄立春，红梅开尽柳条新。
千山一派生机象，牛踏田头精气神。

蕙　兰

窗前一蕙花，绰约隐初芽。
日照新蕊处，清香漫碧纱。

题　兰

兰花含露开，盈袖抱香来。
不去山林里，芬芳独自裁。

岁末感怀（新韵）

深冬草木穷，林鸟影无踪。
四季轮回转，年年景不同。

题青田石

青田生美石，山口映黄花。
行迹停留处，灯光耀自霞。

注释：
灯光：指灯光冻。

登泰山有感

齐鲁儒家地，唯山映日辉。
柏林蝉唱远，万里耀余晖。

夜宿泽雅西山

山涧清泉涌，丛林野果萧。
鸣虫声一阵，落叶伴风飘。

过陈山岭

泉水清娟涌，丛林杂草新。
一弯山路窄，步履也艰辛。

过泽雅菖蒲涧

泉涧蒲柔草，田坡一竹枝。
日沉岩壁下，月夜伴茅篱。

茶山杨梅

杨梅生得雅，触口一红丝。
夏至前多日，山林撷果枝。

周岙祠堂

周岙祠地好，楼阁映红松。
画彩人多秀，青山耀一宗。

午后独坐有感

秋雨打阳台，斜风落叶来。
岁寒人未老，浊酒任君开。

无　题

浮名浪迹空，书画道相同。
治印仍须技，论心付美功。

晨读《东坡传》吟之

晨读东坡传，人间太异常。
贬官心寂寞，一世落凄凉。

山中偶作

久未入山中，云霞雾旋同。
诗家曾别去，林荫瀑飞虹。

临　印

临秦心迹古，平直自融通。
方寸承天地，挲刀我变同。

周岙遗韵

泽雅山花秀，梅溪两岸新。
洞桥留古迹，兰草祖居亲。

题 兰

兰花寂寂开，香气挞徊来。
曾别心暄处，娟娟溢露台。

偶 题

兰花香我肺，白蕊种诗心。
丛倚窗前绿，怡情独有魂。

无 题

永嘉山水秀，文艺著清心。
无意身追逐，唯书伴古琴。

庚子初冬夜宿泽雅半岭

水碓声阵阵，山林草木柔。
鸟儿礁底越，松叶伴高楼。

庚子初冬亳州印社全国篆刻邀请展有感

亳州邀请展，篆刻颂词新。
古茂端庄象，讴歌盖世亲。

初临蟠条印有感

蟠条意味融，盘绕曲灵通。
直到佳临处，唯尊此敬同。

书斋品茗吟之

雀舌自清妍，壶中意欲绵。
微风迎我至，饮罢溢心田。

庚子冬深夜寒潮来袭窗外风啸

深夜寒潮入鹿城，一时霜冻肃萧盈。
万山宿觉冰天地，心梦悠然忆旧情？

和诗友

听雨东瓯孰品醒，人生自古有锋争。
诗书画赋抒胸臆，谈笑江湖海市瀛。

山园小梅

山园梅朵寂麻纱，白蕊枯枝逸韵斜。
玉骨冰心清雅趣，寒天飞雪落云霞。

过九山河畔

紫藤簇簇鸟啾啾，四中公园景致幽。

冬至寒风诗意寄，籀亭古韵趣先留。

过西山有感

西山草木满坡斜，黄叶漫天映落霞。

枯树灰枝藏雪白，雀声一阵遗茶花。

注释：

西山：地名，泽雅西山下。

参加文艺评论家协会有感

文评换届借东风，二次开篇乐趣融。

新任掌门名誉好，重谋议论化心同。

过瓯海新区府

黄叶萧萧落地徊，雪花凌散送寒来。

行人稀少车飞过，满树枯枝映露台。

题　梅

赏心只有两三枝，为觅风情得句迟。
疏影暗香今又见，人间梅雪已无诗。

题　画

莺歌燕舞唱春城，夹岸桃花护垄盈。
最是一年光景好，秋来果实动君情。

瓯海区文联聚各协会年终座谈

作曲玄音达意穹，各呈缤彩飒英风。
文联领导唯仁智，协会齐心志道同。

台　风

忽然天黑如丹墨，云海翻腾似马惊。
路上行人惶恐去，斜风卷屋雨狂倾。

题泰顺三魁红色革命基地

三魁红色摇篮地，八十年前抗战平。
寨顶洞中遗迹像，如今胜利不忘情。

题古寺

古寺萧萧杏叶眠，禅房寂寂听琴弦。
青灯冉冉腾空处，黄卷翻飞自侍前。

书斋夜怀

砚边画竹墨中藏，翠叶修枝历傲霜。
亮节高风凌励志，人生路上趁时光。

山居闲吟

野鸟林间叫破天，草虫唧唧漫悠然。
夜光寂寂阑珊处，墙角篱边景独妍。

冬日夜坐

可怜寒夜对长宵，临写《曹娥》度寂寥。
每觉笔尖如写我，只教惠质励心潮。

临　印

印自将军别韵新，用刀爽利见精神。
格高隽永清奇绝，唯得真情学魏秦。

题酒后

三两家烧下口中，云间雾里意朦胧。
忽寥梦觉千姿态，酒后醒来字句穷。

老宅遗韵

一树生成已纵横，老家瓦砾映川清。
昔时欢笑从何去，隐入青山绿水盈。

自 嘲

原本潇湘客，痴迷山水中。
春秋知变幻，境界各不同。

题奇石楼主写兰

奇石楼头墨叶斜，素心寂处紫根芽。
性情端现怡然撇，只见仙家是蕙花。

与瓯海书协同仁书法进校园

陈庄小学呈翰墨，书画诗歌抒性来。
展纸铺毫融乐趣，师生齐聚送冬徊。

滁州戴武篆刻研修班学习有感

滁州求艺正三月，同学相帮乐趣多。
师傅教风情意切，摹秦白日怎蹉跎。

坐高铁离温赴滁州学习有感

日离双屿霓霞同，高铁经过溧水东。
窗外雪花斜闪落，站迎琅琊路灯红。

学印有感

方寸之间气韵豪，印从秦汉境妍高。
明清自有深资格，性中唯余任意刀。

无　题

忙时种草也扶花，闲憩欣然一贡茶。
青翠绿萍生晚艳，余心共乐趁年华。

题菖蒲逸韵图

碧叶幽丝逸韵奇，溪边岩石落悠姿。
水花清冽鸣深谷，蒲草苍苔映绿池。

题林光荣老师潘桥诗作

先生专辑呈清逸，独步诗坛品德高。
自古潘桥风景好，随书而就见雄豪。

增添兄画展有感

增添作画色妍红，田垄村庄笔下同。
清逸荷塘情趣远，无边景致溢胸中。

鹿城处暑夜

闲静鹿城如火炯，蛙鸣蝉躁热生风。
路边排挡无人问，唯见灯光照夜空。

2022 年处暑

致灵湖

灵湖写句独清妍，随手拈来琢玉坚。
觅得性情诚漫趣，唯占一席化诗仙。

咏小园寒梅开

梅花脉脉水悠悠，傲骨斜枝卧雪愁。
竹径篱笆红染处，小园逸韵暗香留。

松台山公园独吟

平生有梦忆松台，记得苍花意欲徊。
醉里琴弦付流水，当时梅落鹤归来。

瑞集山居吟怀

幽境亭台秀，竹篁盆景优。
蓝天池水映，诗意涌心头。

窗前偶得

娟娟兰蕊入盘栽，淡淡花香次第开。
引得清风窗前舞，幽茎绿叶漫悠哉。

初夏有感

芙蓉淡淡出凡尘，花影芊芊夏雨新。
碧叶含珠风丽动，不知前面迎新人。

温州商学院培训闲步随见

夏临澍雨草深深，河畔闲亭乐坐人。
柳絮飘飞连似景，莲开香蕊见初心。

画　图

笔描枫叶红，彩蝶意绵浓。
翠鸟柔枝栖，生宣展锦容。

雨里观梅

梅边动春信，不雪更清嘉。
最忆瓯江雨，绵绵湿落花。

夜雨写兰

夜雨书窗近晚春，兰花寂寂落凡尘。
若将笔意从心意，素叶还如素心人。

——*乙未夏雨夜并记*

休闲抒怀

书斋夜坐写诗闲，阵阵琴声荡耳边。
忽有窗帘轻晃荡，清风来自郑家山。

注释：
郑家山：地名。

楹　联

蝉鸣暖柳书斋静；

雪映寒窗瑟韵清。

——题居室联

雪舞瑶池，四海丰年春酒暖；

风来庭院，满堂瑞气蕙兰香。

——题九间老宅联

九转迂回，环绕山村流富水；

三关隐约，翠荣古驿掩廊桥。

——题周岙环翠桥联

泽润园林，培桃育李千秋大业；

雅施教化，种德耕天一世清名。

——题泽雅镇第一小学联

庭院照春晖，淑景幽兰香我肺；

空山腾紫气，晴岚翠竹种诗心。

——题九间老宅联

梅花有骨，香逸斯亭，精神永伴千秋业；

涧水无形，远流此岙，岁月长安万代周。

——题周岙肇基亭联

吾儿参加 2022 年鹿城区
第二届"红色印记"军事夏令营有感

今朝唯尔少年郎，展翅如鹰万里翔。
发奋图强豪气发，前行立志做金梁。

注释：
金梁：比喻担负重任的人。

无　题

秋山叶落风搔首，我向林泉觅小诗。
笔抚心弦扬律吕，行吟野谷有新思。

次韵贺姜公善真先生《八十寿抒怀》

帆游溪畔立凡尘，白鬓初衷忆馈珍。
翰墨长篇醒后世，罗山大笔着轻身。
育人一生积鸿德，栽树三垟自费银。
赋得春芒同侪赞，杖朝既炼最纯真。

注释：
帆游：地名。

附　记

周建勇部分荣誉及作品获奖、研修等情况：

1990年，作品《思念》在袖珍文学大赛中荣获优秀奖。

2001年12月，书法作品在浙江省乡镇美术书法摄影大赛中评为入选作品（浙江省文化厅）。

2002年6月，书法作品在"湘楚杯"全国书画大赛中荣获三等奖。

2004年8月，诗歌作品在"中华得雨杯"短诗文征文比赛中被评为优秀奖。

2005年10月，荣获温州市瓯海区第三届艺术创作"银瓯"奖。

2006年5月，结业于"浙江书法网、浙江美术网"全国书画创作研修班。

2009年，由上海锦绣出版社出版《花香满径》个人诗集。

2009年，教育论文《孩子是在赏识中成长》入选《中华教育论文》一书，被评为优秀论文。

2010年6月，作品入选温州市第二届书法新人新作展并获优秀作品奖。

2011 年，"万山红遍·浙江书法大展"篆刻作品入展。

2012 年，由中国文联出版社出版《云上太阳》个人散文诗歌集。

2012 年，诗歌荣获首届中国"温州山水诗电波旅游节"征文大赛特别奖。

2013 年 8 月，书法作品《论语节录》入选 2013 温州市第二届视觉艺术大展。

2013 年 9 月，书法作品被温州市档案馆永久收藏。

2013 年，结业于中国教育部首届教师书法研修班。

2014 年，散文发表在《青少年书法》杂志第七期。

2014 年 9 月，"美丽浙江·秀水之韵——浙江书法大展"篆刻作品入展。

2015 年，篆刻作品荣获龙乡墨韵·第四届全国中小学教师书法作品展二等奖。

2016 年，篆刻作品荣获龙乡墨韵·第五届全国（重庆·铜梁）中小学教师书法作品展二等奖。

2016 年 7 月，结业于中国书法家协会书法培训中心 2016 首期篆刻班。

2017 年 3 月，篆刻作品荣获龙乡墨韵·第六届全国中小学教师书法作品展三等奖。

2018 年 4 月，篆刻作品荣获墨韵两江·第七届全国（重庆·两江）中小学教师书法作品展三等奖。

2018 年 8 月，诗词作品在"翰墨风华"全国诗书画大赛评选中荣获二等奖。

2018 年 8 月，被《青少年书法》杂志社授予"优秀指导师"称号。

2018 年 11 月，诗词作品在"四海杯"海内外诗联书画邀请展赛评选中荣获金奖。

2018 年 11 月，荣获 2018 第五届"新苗奖"浙江省青少年儿童书法选拔赛优秀指导老师奖。

2018 年 12 月，被评为温州市瓯海区新的社会阶层人士联谊会 2018 年度"新联之星"称号。

2019 年 1 月，诗词作品在"印象中国年"全国首届新春主题文学大赛评选中荣获金奖。

2019 年 8 月，被授予第十九届温州市少儿文艺大赛"优秀指导师"称号。

2020 年 5 月，篆刻作品《生命重于泰山》《大爱无疆》被浙江省档案馆永久收藏。

2020 年 6 月，参与编辑《瓯海红色风云》一书。

2020 年 12 月，篆刻作品应邀参加亳州印社"庆祝中国共产党成立 100 周年全面建成小康社会"第五届全国篆刻名家邀请展。

2021 年 1 月，诗词作品在"四海杯"海内外诗联书画邀请展赛评选中荣获金奖。

2021 年 9 月，诗词作品在第四届"琅琊杯"全国诗书画家精英赛评选中荣获一等奖。

2021 年 11 月，《玉篆春风——纪念方介堪先生诞辰 120 周年》中展出的印石"清明"作品被温州市博物馆永久收藏。

2021 年 11 月，篆刻在初心不忘——"方介堪奖"温州市首届篆刻大展中作品入展。

2022 年 4 月，篆刻在 2021"笔祖·蒙恬杯"全国书画篆刻大赛中被评为入展作品。

2022 年 6 月，荣获 2021 年度民盟瓯海区基层委员社会服务工作"先进个人"称号。

2022 年 7 月，诗词作品《山居独吟》在 2022 年"国都杯"全国诗书画印交流大赛评选中荣获银奖。

后　记

从小就喜欢写作。通过写作记录生活，记录人生的喜怒哀乐，将自己更多生活喜乐的一面记录下来，一路风景一路歌。我生活在和平年代，一直在享受生活带来的乐趣，这是新时代的恩典，我要记录新时代给我带来的福祉。生活如咬一枚清清的橄榄，虽是苦涩，但回味甘甜，甘甜总比苦涩持久，生活中的苦涩是暂时的，回味甘甜却是永久。

《一轮秋影》诗歌散文集，是我对生活点点滴滴的记录、收集。集成这本小书册，其中所誊录的有诗歌、散文、拟古体诗式、艺话和苔花如米小（潇洒在微言），而"苔花如米小（潇洒在微言）"就是来自微信的记录，都是平时的积累，都是个人对生活的热爱，也是对人生的感悟。

记录人生中发生的点滴，就是记录生活，一路走来，生活没有稀奇只有平淡。生活虽然平淡没有稀奇，但是在生活中，在人生的履历中，我时常收获许多惊喜，时常得到许多人的支持和帮助，这是意想不到的。我自己不觉得有特别之处，只是一心热爱生活，对生活不想落入人后，只想努力追求生活的美好，这样也很简单，就是想让生活充实一些，闲言碎语，记录生活，仅此而已。

谈人生是一个永恒的话题。人生涉及面太广大大，只有把身边的点滴记录下来，把身边发生的微不足道的小事通过日记形式表达出来，将个人生活真实的一面呈现在读者面前，分享给大家，也是一大欢喜。记得一首歌这样唱道："分享的快乐加倍的多，分担的重担格外的轻。"是的，分享越多得到的快乐也越多。

人生花香常漫，阴雨过后晴空依旧，阳光依然万里普照。我经常提醒自己，生活来之不易，要珍惜每一天，爱惜光阴，不做糊涂人，努力工作，"有余力则学文"，热爱学习，多读有益于身心健康的书籍，用知识装备自己，不产生"书到用时方恨少"的尴尬，积极参加社会公益活动，为社会尽自己微小之力。我算不得什么，只是利用空余时间做一些力所能及的事，做一些微不足道的事，尽己所能，别无他求。

我自 2019 年加入中国民主同盟组织以来，为人处事总是如履薄冰，凡事都小心谨慎，从不做对不起人的事，甘心吃亏，从不与人争执，积极参加组织活动。2020 年自武汉发生疫情以后，响应组织捐款 1500 元，个人生活却不肯多花一点钱，较拮据，对公益事业很是热心并积极参与。我的家学传统是"勤劳节约、与人为善"。赓续家学传统，努力工作，做一个有智慧的人，愿生活之路径滴下脂油，芬芳四溢，让生活更加充实。

《一轮秋影》这本小书册共分 6 个篇章：第一篇章"东风渐绿龙溪岸"是一组诗歌选集；第二篇章"又是一轮秋影时"是生活集趣和童年记忆；第三篇章"怀旧空吟闻笛赋"则是传记过往对故人的回忆；第四篇章"相思都作纷纷句"以散文呈现；第五

篇章"苔花如米小（潇洒在微言）"收集微信的感悟与艺话闲谈；第六篇章"窗前疏影送梅香（悠悠古韵）"则是拟古体诗，抒发我对人生感悟和生活闲趣。人叹如"白驹过隙"的短暂，且如蝼蚁不堪一击转瞬即逝的光景，人生不求"生如夏花之绚烂"，仅此捕捉生活点滴，即使短暂亦都美好。

一轮秋影，万般思绪，愿相思都作纷纷句，愿清唱低吟闻笛赋，愿一窗疏影寄幽思，愿一切美好如春风拂绿，花香满径，心纳百态，日子佳兮，生活有滋味，人生更精彩。

2022 年 8 月 28 日星期日于九间书屋